ZVONIMIR PJESNIK

ZBOG LJUBAVI RADIMO SVE

Napisao: Zvonimir Pjesnik

Uvod: Ana Paula Novak

Lektura: Ana Paula Novak

Naslovna strana: Zvonimir Lešić

UVOD:

Okosnicu priče: "Zbog ljubavi radimo sve", autora: Zvonimira Pjesnika, čine upravo glavni likovi: Gabrijel i Lara. Gabrijel je dječak koji se strastveno i pomalo naivno zaljubi u Laru, pritom ignorirajući iskrene savjete svojih roditelja. Lara, s druge strane, pomalo prevrtljiva djevojka koja se lako da upecati u pogrešne mreže, te kasnije zažali zbog svojih postupaka. Kroz ispreplitanja sukoba, ljubomora i samoubojstva, vidimo da autor pobliže prikazuje osjećaje glavnih likova, a pogotovo Larinog muža i Gabrijelove roditelje. Iz samog naslova možemo na temelju djela vidjeti da zbog ljubavi radimo sve, nažalost u ovom slučaju s jako tragičnim završetkom i s ostavljenim posljedicama za Laru, koja je tek kasno shvatila da se borila za krivu ljubav, dok ju je ona prava uvijek čekala, bez obzira na sve okolnosti. Njih dvoje, pravi primjer mladenačke ljubavi, koja se dogodila u krivo vrijeme i s krivim ljudima, tek na kraju shvate koliko je bila bitna njihova ljubav i koliko su se trebali više truditi oko nje.

Ana Paula Novak

ZBOG LJUBAVI RADIMO SVE

To je bilo jednoga Proljeća, jedan dosta mlad momak i cura starija od njega puno više.

U malom mjestu nalazili su se često , šetali ulicama, tiho razgovarali, do kasno u noć da što više vremena povedu zajedno. Kako je vrijeme prolazilo postali su sve bliži i vjerujte korak po korak dogodila se jedna ljubav. Ona je bila majušna, crna kao gar,

a zračila svojom pojavom. Dosta se Momaka okretalo za njom. On zanimljiv, znatiželjan, interesantan. Duboko u sebi je znao da će ona samo njemu pripasti. Oko pola osam navečer nalazili su se u ulici blizu centra svoga maloga mjesta. To je ulica puna tišine

i mira. Uvijek je ona točno dolazila na mjesto njihova susreta. A živjela ja na drugom kraju.

Zazvoni mu mobitel. On se odmah javi. Gabrijel da draga reci. Evo me došla sam na našu klupu čekam te. On brže potrči pa za tren stiže i od sreće joj poljubac da. Hajdemo sada malo šetati reče ona vidiš da je pun mjesec. A i znaš da ja to volim. Dobro idemo onda.

I krenuše u šetnju. Ej nećeš vjerovati što mi se danas dogodilo. A što reci mi Lara. Morala sam slagati Mirti da se ne mogu šetati s njom, jer me mama kaznila.

Joj, joj što ti znaš slagati, pa lažem zbog tebe dragi. Jer još je rano da se zna za našu vezu.

Ali ti znaj da te volim svim srcem. E moja Lara volim i ja tebe strast u meni budiš.

Sjeli su na klupu bilo je već pola deset. Vidi Gabrijel dobila sam poruku od Klare.

Što ti je napisala. Da me zove sebi u grad na par dana. Nisam je vidjela od prošle zime.

Pa možeš slobodno ići nemam ja ništa protiv.

Jer znam da me voliš, svim srcem. Jer tako, da tako je ljubavi.

Pa, ljepotice moja, mislim da je sada dosta kasno, otpratit ću te do tvoje kuće, sutra u jutro putuješ prema gradu. Jer znaš kad ti ide Vlak. U pola šest kreće a tamo je u deset točno.

I onda će me Klara dočekati na Kolodvoru kad stignem u grad.

Možeš mi poslati poruku kad dođeš u grad Lara. Ne brini budem ti se javila.

I tako su razgovarali sve dok nisu stigli do njene kuće. Te poljubiše se.

Poželio joj Gabrijel sretan put do grada. I sav radostan krene prema svome domu.

Sutra u deset u jutro došla mu je poruka na mobitel. Da je Lara sretno stigla u grad.

On joj odgovori odmah. Drago mi je što si sretno stigla i pozdravi Mirtu. Te neka ti bude lijepo dok si kod svoje prijateljice. Hvala ti ljubavi što misliš na mene poruka je odmah došla natrag. Njegovi roditelji spavali su još. On od dosade uzmem jedu knjigu i počne ju čitati. Uvijek su to bili Ljubavni romani i neki stripovi a soba je bila puna postera. Poslije osam otišao je u kuhinju. I kad ja došao u kuhinju mama je njegova već pila Jutarnju kavu.

Dobro jutro Mama reče on na glas. I tebi sine nešto si veseo jutros . Kako si spavao. Super Mama super sam spavao. Ajde sada doručkuj sine. A gdje je tata pitao je.

Tata ti je otišao na posao. Moram ti reći jednu tajnu mama. A koju sine tajnu

Zaljubio sam se. Zar već, a nije ti rano. A Zašto bi bilo rano mama. Pa Sedamnaest mi je godina a i vrijeme je.

A u koju djevojku si se ti zaljubio sine . Da nije možda iz našega mjesta. Da da Mama iz našega je mjesta. Uredu sine moraš se pohvaliti Tati. A nisi još punoljetan pa reci mu da ne bi bilo problema. Kad mu se Tata vratio s posla. Rekao mu je svoju tajnu. I Tata će njemu takvog te volim Sine. A koliko ta Cura ima godina. Pa dvadeset Tata . E a ja mislio da je mlađa od tebe. Joj Tata ja ti volim starije cure jer imaju više iskustva u svemu.

E da, e da, Sine mislim da si ti ipak upravu. A kako misliš da sam upravu Tata. Reći ću ti kasnije. Ali pazi da se ne bi puno zaljubio u svoju curu i više nego što bi htio. Jer moraš još i srednju da završiš a daj bože i faks. Dobro dobro Tata hvala ti puno na savjetu pazit ću na to i biti sretan sa svojom curom. Nakon pet minuta dobio je poruku da je Lara u grad sretno stigla. I da ju je prijateljica Klara dočekala na Kolodvoru. On odgovori drago mi je što si sretno stigla ljubavi. I pozdravi Klaru i znaj da te puno volim . Volim i ja tebe isto dragi moj evo ti pusa.

A pozdravlja Karla i tebe i šalje isto veliki pozdrav. Tako su se njih dvoje svaki dan samo se dopisivali. A osjećaj je bi kao da su skupa. A ne da je ona u gradu a on u njihovom malome mjestu. Bila je ona samo tjedan dana i vratila se kasnije kući iz grada. Prvu večer kad je stigla našli se na svom starom mjestu. I odlučili da neće tajiti više svoju vezu.

Prvo su svojim Roditeljima rekli da su u vezi. Oni nisu imali ništa protiv. Kad su rekli svojim Prijateljima njima je to bilo malo čudno. Zašto čudno jer on je bio dosta mlađi od svoje cure. Ona je predložila da sljedećeg vikenda njih dvoje skupa izađu u obližnji kafić na party koji je bio za vikend. I sa svojim Prijateljima proslave početak njihove veze. Party je počeo oko deset sati. Njih dvoje voljeli su raznu glazbu bitno je samo da se može dobro zabavljati.

I kad je prošla ponoć krenuli su s Prijateljevim autom prema obližnjem disku njih četvero.

Te su ostali sve do šest u jutro. Kad su se vratili nitko od njih nije bio umoran jer im je ta večer bila jako zabavna. I tad shvati Gabrijel da je Lara prava za njega . A kako je tek divno kad te netko voli svim srcem i osjećaš da mu je stalo do tebe. Stiglo je ljeto ,počeli su praznici i bilo je više vremena da se njih dvoje sve više sastaju. Jedne večeri kad su se našli na starome mjestu. Lara mu reče. Gabrijel da reci. Dok sam bila u gradu kod Klare pričala sam joj o tebi. Pa hvala ti lijepo je to od tebe. Ona hoće da te upozna pa nas je pozvala da dođemo kod nje. Uredu uredu moram svoje roditelje pitati da me puste s tobom. Pa pitaj možda te budu pustili da ideš. I on je drugi dan pitao svoje Roditelje da ide u posjet kod curine Prijateljice. Roditelji su mu dozvolili. Čak je i njegov Tata se ponudio da ih autom odbaci do Željezničke stanice. U jutro su on i njegov Tata sjeli u auto i krenuli prema Larinoj kući. Kad su stigli tamo ona ih je čekala. Odmah je sijela u auto s njima i za dvadeset minuta stigli su na Željezničku stanicu. Vlak je uvijek kretao u šest u jutro prema gradu. Kad je vlak stigao uđoše odmah u Vlak njih dvoje. Njegov Tata im reče sretan put djeco i pazite na sebe. Hvala ti hvala ti puno rekoše mu oni. Kad je Vlak krenuo njih dvoje su njemu mahali i on njima također. Taj dan bio je jako lijep, a njihovo putovanje prema gradu još je bilo ljepše jer su uživali skupa. Da im ne bude dosadno dok su putovali Gabrijel je ponio svoj laptop. Malo su surfali po njemu. Nije baš dugo trajalo. Jer ljubav između njih bila je njima puno, puno važnija. Svoje emocije su pružali jako nježno jedno prema drugome. Pa je putovanje bilo jako zanimljivo i brže je prošlo. Jer su uživali u svojim emocijama. Kad su stigli na kolodvor Lari zazvoni mobitel.

To je bila Klara da joj javi da ih ona i njen dečko Tomislav čekaju na kolodvoru.

Kad je vlak stigao u peron kolodvora. Gabrijel i Lara su uzeli svoje torbe i izišli iz Vlaka.

Kolodvor je bio pun putnika koji su nakon dolaska svojih Vlakova jurili na sve strane.

Lari za zvoni mobitel. To je opet bila Klara. Ej ej vas dvoje, jeste li stigli vlakom?

Pa evo nas upravo smo stigli, odgovori Lara. Ej Klara ti i tvoj dečko, gdje ste vi?

Tu smo na glavnom ulazu u kolodvor .Pa zar ne vidite kolika je gužva. Slobodno dođite čekamo vas. Dobro evo dolazimo odmah. I krenuše oni prema glavnim vratima kolodvora , gdje je Klara rekla da ih njen dečko i ona čekaju . Lara je odmah prepoznala Klaru i njenog dečka i svi su se lijepo pozdravili. Klara će ej vas dvoje kako je bilo putovati do grada .Super, super nam je bilo. Nato će Klara. Hoćete li popiti piće ili da krenemo prema mom naselju gdje ću vas ugostiti. Ma odmah bi bilo bolje da krenemo prema tvom naselju da se odmorimo od puta. I krenuli su svi zajedno. Tramvajem sve do naselja gdje Klara živi. Dok su se vozili prema Klarinom stanu kroz grad. Klara i Lara su puno pričale. Kao da se nisu vidjele dugo vremena . Klara je bila lijepa cura.

A zašto lijepa cura? Jer imala je dugu crnu kosu a tijelo dosta vitko i to ju je činilo jako lijepom djevojkom. Počeo je Gabrijel Tomislava ispitivati ali on je samo šutio.

Pa je na puta do stana gdje Klara živi Gabrijel samo gledao kroz prozor Tramvaja i uživao razgledavajući grad. Njih dvije samo su pričale i dalje. A tako uvijek cure to rade kad se na vide jedno vrijeme. Tomislav je cijelo vrijeme samo šutio. Jer Gabrijel kao Gabrijel nije htio biti puno naporan njemu. Već samo se divio naselju gdje je Klara stanovala. Bilo je to jako lijepo Gradsko naselje. Nakon par minuta stigli su do zgrade gdje Klara stanuje. Ušli u lift vozili se do četvrtoga kata i došli do Klarinoga stana. Klara je pozvonila na vrata i otvorila je jedan starija gospođa. Bok Bako evo moji gosti su stigli kod nas Klara je reče glasno.Drago mi da su stigli reče starija gospođa. Lara i Gabrijel su je pozdravili. Kad Klara će njima. Ej vas dvoje, vi ostavite svoje torbe u mojoj sobi.

Možete se tu i raspremiti. Jer moja Baka je napravila ručak pa ćete jesti. I njih dvoje su ostavili torbe u Klarinoj sobi. Krenuli prema kuhinji gdje je Klarina Baka ih čekala s toplim ručkom. Te su sjeli za stol.

Klarina baka je još radila nešto u kuhinji. Klara će, Ej Bako hajde dođi upoznati dečka od moje prijateljice.To ti je ona prijateljica koja je bila u Proljeće kod nas.

Evo odmah dolazim. I dođe baka do Gabrijela. Reče mu ona. Ja sam baka Silva tako me možeš zvati dok si kod nas. Drago mi je. A ja sam Gabrijel i hvala vam što ste dali Klari da i ja dođem kod vas sa svojom djevojkom. Sve uredu samo vi sijedite a ja ću još malo da radim u kuhinji dok ne završim još nešto, što sam pripremila za ručak . U redu Bako baš si draga. Klara će njoj. Pa moja si unuka Klara, zar nije tako.. Tako je, tako je Bako radosno će Klara. Kad je ručak završio. Gabrijel uzme mobitel. Kad njemu će Lara koga ti sada zoveš. Pa svoje roditelje da im javim da smo sretno stigli u grad kod tvoje prijateljice i njene Bake. Joj joj da da pa ja zaboravila na to. Zato ću i ja se javiti svojima da smo sretno stigli . Gabrijel je nazvao mamu i javio joj da su sretno stigli. Tako je i Lara svojima se isto javila. Kad je ručak završio. Klara reče. Vi sad idite malo da se odmorite u moju sobu. I tamo ćete moći da spavate. Hvala ti oni će njoj. I otišli su u sobu gdje su ostavili svoje torbe od puta. A Klara je ostala u kuhinji i sigurno je pričala sa svojom bakom Silovom. Njih dvoje dok su odmarali malo su razgovarali kako je kod Klare divno.

I što ih je primila kod sebe u goste. Koliko ostajemo pitao je Gabrijel Laru. Ona će njemu tjedan dana je dosta kao kad sam ja bila. I poljubili su se. Uhvatio ih je umor od puta i malo su zaspali. Tjedan dana dok su bili kod Klare u gradu stalno su obilazili grad koji je bio stvarno nešto novo za njega mladića iz male sredine. Pridružio im se i Klarin dečko Tomislav. Ispočetka se stidio razgovarati s Gabrijelom. Ali kako Gabrijel voli puno ispitivati . Počeli su razgovarati sve više i više njih dvojica. I upita Gabrijel Tomislava.

Ej Tomislave odakle si ti. On mu odgovori ja sam iz jednog mjesta na moru.

Gabrijel ga je počeo odmah ispitivati o njegovome kraju. Jer Gabrijela sve zanima a Tomislav je iz drugoga mjesta i drugoga kraja. I kad je shvatio Tomislav da Gabrijel voli svašta znati. Počeo mu je pričati o svome kraju sve više i više . Gabrijel je samo slušao. Dok je Tomislav pričao o svome zavičaju. A Gabrijel je samo slušao i uživao u tome.

A cure kao cure stalno su gledale izloge trgovina i komentirale cijene i akcije modnih marki. Lara za razliku od Klare nije baš puno gledala skupe modne marke jer je bila jednostavna i skromna. A Klara je bila jako Moderna cura ali imala je nešto različito od takvih cura . A to je što nije glumila bogatu gradsku djevojku. Večer prije odlaska kući odlučili su otići u kino gledati jedan ljubavi film. Kada su stigli u dvoranu kina svi su sjeli u zadnji red i film je počeo. film se zvao Ljubav ne pita za godine i bio je zanimljiv do samoga kraja. A film je trajao skoro tri sata . Kad je završio film Lara je dala nježan poljubac svome Gabrijelu. A i on je njoj dao poljubac . Klara i Tomislav su sve to vidjeli kako su se ovi dvoje poljubili. I nakon izlaska iz dvorane kina. Rekoše njima Klara i Tomislav. E pa vas dvoje ste stvarno divan par i neka vam bude sretna vaša veza.

Pa hvala vam i krenuli su svi skupa prema Klarinom stanu. Kad su stigli bilo je jedna iza ponoći. Svi su odmah legli na spavanje. Lara i Gabrijel u Klarinu sobu. A Klara i Tomislav na kauč u dnevni boravak. Pošto je to bila prva noć Gabrijelu i Lari kako spavaju zajedno. Gabrijel se dosta uzbudio. Počeo joj dodirivati vrat i lagano ići prstima po leđima i osjetio da joj to odgovara. Rače Lara njenu ljubavi pa nisam se to od tebe nadala. Totalno si me iznenadio a i uzbudio. A on će njoj dobro draga onda ću nastaviti tako kad ti odgovara. A ti i dalje samo uživaj i budi opuštena. Uredu kad hoćeš da uživam. I Lara je zaspala istoga trena nakon tih riječi . I Gabrijel je nakon Lare utonuo isto u san. Kad je svanulo jutro probudili su se bilo je već devet sati. Obukli se i izašli iz sobe. Kad je Klara njih vidjela reče o gosti naši pa vi ste nama se ustali. Ona i Tomislav su već doručkovali tada. I Lara će odmah. Hajdete s nama da doručkujete. I oni su se pridružili njima. Tomislav će tada pa kad vi krećete svojoj kući. Pa vlak nam je u pet popodne odgovori Gabrijel njemu. Lara se odmah pohvalila Klari da je sinoć uživala pod prstima svoga dragoga. I reče na sav glas moj dragi mogao bi da bude maser. Pa to je super vijest a i tu se da dosta zaraditi nato će Klara. E ako je tako onda ću morati da slušam moju dragu i dobro ću proći zar nje tako društvo tako je maseru. I nastavili su s doručkom.

Oko pola deset Klara će njima. Ej vas dvoje. Pa mogli bi ste na misu kod nas u našu crkvu

prije puta kući. Pa i da vidite kako izgleda jer je nedavno renovirala. Uredu

uredu odgovore oni. A kad je misa pitao je Gabrijel. Misa je u jedanaest sati Klara će

njemu. Oko pola jedanaest su krenuli prema crkvi dvadeset minuta od Klarinoga stana.

I stigli na misu. Kad je završila misa odmah su se vratili natrag u stan. Baka Silva ih je

već čekala s toplim ručkom. I reče svima Baka. Djeco hajde te jesti napravila sam

štrukle na svoj način. Svi su odmah sjeli za stol. Čitav stan je mirisao od tih štrukli.

Što je baka Silva napravila. Gabrijel i Lara dok su jeli uživali su u tim štruklama koje je

Baka pripremila za ručak. Kad su završili s jelom rekoše Baki.

Baka Silva ovo je predivno što te nam pripremili za ručak. Baka će njima pa hvala i vama

gosti naši. Kad Gabrijel će Klari i njenoj baki. Pa dođite i vas dvije kod nas. Budete

onda uživale u našem kraju i probat ćete tada i vi naše specijalitete.

Uredu kad nas pozivate. Onda ćemo morati ipak doći. Njih dvije će u isti glas. Kako se

približilo vrijeme da Gabrijel i Lara krenu vlakom svojoj kući. A vlak su imali točno oko

pet sati. Počeli su da se spremaju. A Klara ima je rekla da će ih otpratiti do Kolodvora na

vlak. Lara će tada e baš ti hvala prijateljice moja i drago mi je što te imam. I meni je

drago što ste ti i tvoj dečko došli kod mene u goste. A da nismo jako dobre prijateljice j a i ti. Ne bih te ja zvala kod mene a sada i tvoga dečka. Divno nam je bilo kod tebe.

Dođite onda i vas dvije kod nas. Uredu budemo došle hvala ti na pozivu. Jeste vas dvoje

spremni da krenete na vlak ili ćete još ostati Klara će. A evo spremni smo moglo bi da se

krene jer nas vlak neće čekati. I točno oko pola pet su svi troje stigli na Kolodvor. Imali su

pola sata da se pozdrave. Njih dvoje su sjeli na vlak.

Klara ima je mahnula s perona i vlaka je krenuo. Putem su njih dvoje pričali o lijepom

provodu ovih par dana kod Klare i divili se svemu što je bilo dok su bili u gostima. Kad su

stigli kući otpratio je Gabrijel Laru do njene kuće. I poljubio ju nakon što su stigli pred

njenu kuću. Pozdravili su si i on je krenuo prema svojoj kući putem razmišljao samo o

lijepim događajima i put do kuće prošao mu je brže. Bilo je dosta kasno navečer.

A Gabrijel kući stigao sretan te i s osmijehom na licu. Kako je svijetlo još sjalo u kući.

Kad je otvorio vrata ulaza u svoju kuću. Mama i Tata su bili budni još jer su ga čekali.

Odmah ga upitaše, sine pa kako je bilo u gradu de nam pričaj. U redu, rekao je on. Samo

pričekajte da se raspremim.

Kad se raspremio počeo pričati roditeljima kako mu je bilo u gradu.

Slušali su njih dvoje i kroz razgovor shvatili da mu je bilo super.

Gabrijel im reče tada da bi volio da studirati u gradu neki faks. A koji? - pitaše ga roditelji, on

onako na brzinu reče pa medicinu to bih volio. Oni će njemu joj sine kud baš to zar nemaš neki lakši faks. Ma ja bi baš taj i otišao je spavati a tako i mama i tata. U jutro kada se

Gabrijele probudio bilo je devet sati.

I reče baš sam se naspavao kao da nisam bio na putu. A i sretan sam što je bilo sve

uredu. I što smo ja i moja draga stigli sretno u naše malo mjesto . Odmah je krenuo

prema kuhinji. Kad je ušao u kuhinju Mama i Tata su ga pozdravili. I reče njemu Mama.

Sine hajde sjedi jedi , doručak je na stolu sad ću ti postaviti da možeš jesti.

U redu Mama, idem ja gore oprati ruke. Kad je sjeo za stol i pojeo što mi je mama

pripremila. Počeli su ga roditelji ispitivati kako je bilo u gradu. On će njima. Pa pričao

sam vam kako je bilo. Kad tata će njemu pa sine otkud tebi ideja da bi ti studirao u

gradu. i to baš medicinu hajde sine reci svome Tati. U redu Tata , reći ću ti kad baš hoćeš.

Ali da to bude naša tajna. Uredu idemo onda nas dvojica van pa ćeš mi reći. Uredu može

i izašli su van njih dvojica. Počeo mu je govoriti o toj noći provedenoj s Larom. Tata ga

je pozorno slušao. I na kraju mu reče Gabrijel. Da je to noć koju će dugo pamtiti . Tata

ga upita pa jeli ti nju voliš sine. Da da Tata volim je i ona mene isto voli. E onda je to

tvoja i njena odluka da budete skupa. Ako je tako ja te podržavam u tome a Mamu

prepusti meni ja ću joj reći sve i imat ćeš i njenu podršku vezano za tebe i tvoju curu.

Hvala ti Tata. Ma sine sve u redu za to, Tate služe da sinove podržavaju a

posebno kad su ljubavne veze u pitanju. I ušli su u kuću Gabrijel i Tata.

Odmah nakon toga mu je došla poruka od njegove drage. A pisalo je da uživa u odmoru

od jučerašnjeg puta. I da se nađu sutra navečer u devet sati na njihovome starome

mjestu. Nakon toga je Gabrijel otišao u svoju sobu i upalio Kompjuter. Pa se logirao na

Fejs. Odmah je primijetio dva nova zahtijeva za prijateljstvo. Pogledao je tko je to i

vidio da su to Klara i Tomislav. I prihvati ih je za prijatelje. Te je dalje gledao po fejsu

malo se dopisivao s prijateljima koji su bili na chatu dostupni. Nakon pola sata netko

mu je kucao na vrata sobe. Bila je to Mama zvala je za ručak. I reče Gabrijel Evo Mama

odmah ću doći u kuhinju. Pa su jeli svi u miru kako je uvijek i bude. Nakon ručka Mama je

rekla da ide malo da odmori a tako i Tata. Jer je bio jako vruć dan oko trideset Celzijusa. Gabrijel

nije htio nigdje da ide već samo je odmarao u svoju sobi nakon ručak u mislima na svoju

jedinu.

Sljedećega dana Gabrijel je malo pomagao svome Tati oko posla u njihovom dvorištu.

Bilo je tu raznih poslova. S iščekivanjem je mislio na svoju jedinu. Nestrpljiv je bio ali k'o što poslovica stara kaže: "K'o čeka taj i dočeka." Počeo je ispitivati Tatu o iskustvu sa ženama. Jer je on mladić sa sedamnaest godina i nije imao prije ljubavnu vezu. Tata je pristao da ga sasluša i počeo mu je sve u detalje da govori. Kad je završio razgovor tata mi reče. Sine moj ti me sada slušaj reći ću ti nešto. Ajde Tata čekam da mi kažeš. Sine prema ženama se mora nježno i polako. A razlika danas i prije je ta. Što sam ja dok sam bio momak kao sada ti. Svojim curama slao sam pisma i zvao ih na telefon kući. A to je bilo u određeno vrijeme kad su cure bile same kući. A danas vi momci imate drugačiji način. A to je da možete svoje Cure zvati na njihove Mobilne telefone i pisati im sms poruke. A ne kao mi u ono doba ljubavna pisma. Ja sam imao prvu Curu sa svojih šesnaest godina. O pa Tata ti si bolji od mene. Da da da Sine bolji sam. Kako se zvala ta sretnica tvoja. E zvala se Tanja , reče mu Tata.

Imali smo isto godina ja i ona. Super smo se slagali k'o momak i cura. I onda i onda Tata što je bilo. Pa čekaj sad ću ti reći samo polako. Ok Tata slušam te. Tanja je bila smeđe kose, plavih očiju, vitke linije. I Cura od koje nisi mogao ništa tajiti. E Tata pravo ime za jednu Tanju. Da da Sine stvarno si u pravu. Da ništa od te Cure Tanje nisi mogao da sakriješ. I super smo se voljeli ja i ona. A gdje je ona živjela ta tvoja Tanja pitao je Tatu. Živjela je blizu centra našeg mjesta i nismo bili daleko ja i ona. I u osam navečer smo se nalazili ja i Tanja. Pa gdje Tata pa gdje ste se nalazili ti i ta tvoja Tanja. To je bilo ispod jedne Brze u našemu malom mjestu. A gdje je to mjesto Tata. De da idemo tamo da mi pokažeš. E ne možemo Sine jer toga mjesta više nema. A joj Tata pa što se desilo. Jedna je čovjek tamo sebi kuću sagradio. A ta Breza je tada srušena. Joj joj baš mi je žao zbog toga. A nemoj žaliti Sine. A jeste li gdje izlazili ti i tvoja Cura Tanja. E izlazili smo u dom u našemu mjestu na večernji ples. I to samo sat dva a nekada i kraće. I kasnije bi smo se šetali po mjestu sve do deset navečer. Morali bi se prije deset sati vratiti kući.

Jer su roditelji moji a posebno njezini bili jako strogi.

A bili su i jako protiv naše veze. Nije fer od njih nato će Gabrijel Tati.

Kad Gabrijelu zazvonio mobitel i on se odmah javi. Bila je to njegova draga.

Što radiš Gabrijel pitala je.

Evo pričam sa svojim Tatom u nekom smo razgovoru. E to mi nije važno o čemu vi pričate. Jer su muški razgovori puno drugačiji od naših ženskih. A to si u pravu ljubavi moja. A trebaš me nešto. E pa htjela sam da pitam odgovara ti za večeras da se nađemo. U redu a kad si ti mislila da se nađemo. Pa u devet sati kao i obično.

Uredu može vidimo se draga.

I razgovor je završio.

Tko je to Sine bio. Pa moja draga Lara. Zove me da se nađemo večeras ja i ona.

Pa uredu nađite se onda. Samo nemoj ostati dugo s njom večeras vani.

A dokle mogu ostati Tata.

Do deset i više ne. Tata mu je dao malo novaca prije polaska da kupim nešto sebi i svojoj Curi. Kad je krenuo prema mjestu gdje su on i Lara se dogovorili usput je bila trgovina. Pa je naišao da kupi nešto za sebe i nju

Oko osam sati krenuo je prema centru mjesta. Lari je poslao poruku da ima iznenađenje za nju kad se nađu. Odmah mu je odgovorila da i ona kreće isto.

Te da će ga čekati ako dođe prije nje. Taj sat dok je išao prema tamo. Gdje će on i Lara se naći sporo mu je prolazio. Kad je stigao i vidio svoju dragu odmah je bio još više sretniji. Ona ga pozdravi i odmah se poljubiše . Zatim će ona. Pa nismo se vidjeli dva dana i dvije noći. I reče mu tiho. A i puno, puno si mi nedostajao dragi. E kad je tako imam iznenađenje za tebe. A što je što je to reci mi. A Gabrijel će njoj. Ljubavi ti zatvorio oči. Pa ispruži svoju ruku. Evo odmah ću ispružiti ruku. I kad je pružila ruku stavi joj on to što je kupio. I reče ovo je za tebe ljubavi. Ona otvori svoje crne oči.

I kad je ugledala taj mali dar.

A bila je to čokolada s rižom. Odmah ga je zagrlila.

O Gabrijele ovo je predivno od tebe. Uljepšao si mi kraj ovoga dana. Pa hvala ti kad je tako draga. A i zaslužila si jer pripadaš meni jeli tako. Da tako je dragi tvoja sam.

Hajde sjednimo na klupu sad i pa da jedemo skupa tu čokoladu. U redu kad i tako kažeš. Dok su jeli čokoladu vidio je on. Da je bila sretna. A njene crne oči su mu to govorile. A Lara će njemu Gabrijel pa što je sad Lara. Pa moram ti reći da mi je lijepo s tobom.

I ne znam što bi ja bez tebe. Jer si tako divan i za ovo ti puno puno hvala. I poljubac je opet pao. Trajalo je to oko nekoliko minuta. Usne im se nisu odvajale. A Gabrijel ju je stavio na svoja prsa. Dodirivao je njenu crnu kosu. Koja je tako lijepo mirisala. Ona mu šapne na uho. Uzbuđuješ me dragi moj. A i ti mene isto uzbuđuješ draga. Uredu kad je tako. A ja tebe želim za sebe i puno puno te volim. Želim da budeš samo moja i ničija više. E pa to zavisi i od tebe dragi moj. I tako su sve do jedanaest ostali skupa. Pa se razišli svatko svojoj kući. U jutro dok je Gabrijel spavao oko sedam sati. Zazvonio mu je mobitel. To je bio njegov prijatelj Robert. S kojim je bio jako blizak. Što radiš Gabrijel? - pita ga Robert. Sad si me upravo probudio kad si nazvao.

A joj oprosti mi. Ma ništa, a zašto si me zvao? E da te pitam što radiš i kako je kod tebe.

Jer nikako te nema kod mene. A što si me trebao. Pa čuo sam da imaš curu.

Jeli tako prijatelju moj. Da tako je imam curu zove se Lara. To mu je rekao. Jer on je jako iskren. Opa opa prijatelju pa to je super za tebe. A nije li ona starija dosta od tebe. Pa što ako je i starija bitno je da se volimo. U redu, odlično Gabrijele. A kad bi ti mogao doći do kafića u centru da porazgovaramo malo ja i ti. A i nismo se dugo vidjeli. Da da upravu si a kad hoćeš da dođem. Oko tri sata popodne ako si slobodan da jesam slobodan sam. Onda uredu prijatelju. Da uredu je vidimo se Roby i razgovor je završio. Brzo je Gabrijel ustao iz svoga kreveta doručkovao i krenuo prema vrtu tamo je bio Tata. Bok sine bok Tata i tebi.

Pa kako je bilo sinoć vani ja i mama te nismo čuli kad si se vratio iz mjesta spavali smo.

E super je bilo Tata vratio sam se kući iz deset sati. Gdje je mama. Pa otišla je do trgovine po kruh brzo će natrag. U redu, a ja sam već doručkovao. I zato vi jedite bez mene. U redu, kad tako kažeš sine. Možete me zvati kad bude ručak ode gore u sobu na svoj komp. U redu, reći ću mami da si u svojoj sobi pa kad bude ručak zvat ćemo te da dođeš. Hvala ti Tata ode ja gore. Ajde sine vidimo se na ručku. Ej tata da te pitam nešto. Reci sine slušam. Ručak je u tri sata. Da jeste a zašto sad pitaš to jer ne znaš,. Pa prijatelj Robert me zvao u tri popodne danas u kafić u našem mjestu na razgovor nismo se dugo vidjeli ja i Roby. Dobro u redu , reći ću mami da bude ručak malo ranije da ti možeš ići se naći s prijateljem na kavi. E super baš ti hvala i otišao je u sobu. A tata je ostao u vrtu.

Kad se mama vratila kući iz trgovine odmah je otišla do Gabrijelove sobe. I reče sine pa ti si se već probudio kako je bilo sinoć sa Larom vani. Pa super mama i znaš da sam je zadivio poklonom koji sam joj sinoć dao. Pa super a što si joj to dao. E to je bila čokolada s rižom. Pa divno je to od tebe sine. A jesi ti meni gladan? Ne, nisam mama, jeo sam kad sam se ustao.

I rekao sam tati da ću ručati malo ranije nije ti on rekao. Ne nije mi ništa rekao. A što praviš za ručak danas mama? Pa pohanu piletinu. Joj joj super to volim. Da znam da to voliš sine za to ju i pravim.

I mama je otišla dole u kuhinju. A Gabrijel je ostao surfati na kompi. Osim što je Surfao na njemu i usput je i igrao neke igrice. Vrijeme mu je tako jako brzo prolazilo.

Pa je tako brzo i došao ručak. Oko pola dva došao je u kuhinju na ručak. A roditelji su bili već za stolom On je sjeo isto za stol i počeli su da ručaju. Kako je ručak bio pri kraju reče on Tati. Tata ja idem s prijateljem Robertom na kavu u naš kafić. U redu idi. Kad te je jutros on zvao. Hvala ti tata baš ti hvala. I Tata mu je dao nešto love da mu se nađe kad dođeš u kafić. I reče mu prije polaska sine pazi što piješ. Ma ne brini tata bude sve uredu i hvala ti što si mi dao love. Nakon toga mu je došla poruka od Robija.

Bok prijatelju dali naš dogovor za danas u tri još važi. Odgovorio je da važi Robi. A i sad ja krećeš prema kafiću i tamo sam za pola sata. Pozdravio je roditelje i krenuo da se nađe s Robertom. Kada je stigao Robi je bio već u kafiću. Pa di si ti majstore nema te kao da si u zemlju propao. Ma nisam što je tebi. Što se dešava pričaj mi majstore. Baš me zanima i to de u detalje. Sve je Ok a što bi ti lagao. Kad se znamo od malih nogu. Koliko ste ti i Lara skupa priča se po mjestu da se zajedno. Pa sad će nam biti mjesec dana i moram reći da mi je prirasla srcu ta moja Lara. O pa to je super i vidim da si sretan majstore moj.

E pa hvala ti Roby što si vidio da sam sretan radi moje veze s Larom. Jer vjeruj mi da sam dugo tražio baš takvu curu. A i volim starije cure. A i crnke mi odgovaraju. Opa to me iznenađujem i baš si pravi majstor to sad vidim da i jesi. E hvala ti prijatelju. A tvoji roditelji i njezini što vele na vašu vezu. Svi su za da budemo zajedno ja i Lara i oni u nam je velika podrška. O pa lijepo je to od njih moj majstore. Prije par dana samo se vratili iz grada. Bili smo kod njezine prijateljice Klare. Pričaj kako je bilo u gradu.

Ma odlično je bilo super i ludo i tih deset dana prošlo je za tren. A ti Robi kao je kod tebe. S koliko ćeš završiti osmi razred i koju srednju planiraš upisati. Ma ja ću za Veterinara znaš me dobro da ja volim životinje. Da da ti si i kad smo bili klinci jako voli životinje. Pa i danas ih volim. Uredu prijatelju. A ima li kakvih cura kod tebe u zadnje vrijeme od kad se nismo vidjeli. Ma nema još majstore moj nadam se da će biti neka. Sve dođe kad se najmanje nadamo tako ja razmišljam moj majstore. Pa ja se moram složiti s tobom da si upravu. I da sve dođe kad se najmanje nadaš. A koju ti Srednju misliš ići majstore? A ja bih u Medicinsku školu pa onda ako to završim kako treba. onda bi na faks za doktora. A gdje bi na faks ti majstore pa u gradu bi išao na faks.

A tako znači majstore taj grad. Pa što ste ti i tvoja draga u gradu radili tih par dana.

Joj pa išli smo u obilazak grada i u kino i na kraju smo i bili na misi u kvartu gdje živi njena prijateljica koja nas je ugostila kod sebe. I moram ti se pohvaliti nešto prijatelju. De hajde majstore reci svome prijatelju slušam te . Dobro samo nemoj odmah svima kazati. Dobro neću što je nešto što bi trebao tajiti. Da da trebao bi tajiti jer to je vezano za mene i Laru dogovorili smo se da to ostaje između nas. A ja nisam nikome rekao. Dobro majstore možeš onda reći svome prijatelju koji će to čuvati samo između nas dvojice . Dobro onda slušaj. Ja i Lara smo noć prije nego što smo krenuli kući imali zanimljivu noć. U kojoj smo jedno prema drugome bili jako nježni i emotivni i tek tada sam ja shvatio da me ona istinski voli. Što daj nemoj zafrkavati me majstore i kako je to izgledalo. Joj prijatelju bilo je ludo i na zaboravno nadam se da ćemo još uskoro imati noći kao što je bila ta noć u gradu.

Kad Gabrijel će Robertu . Ej prijatelju, što bi mogli popiti. Ja ću sok a ti? E ja ću jednu kavu. Dok su pili. Gabrijel pita Roberta. De mi reci, gdje ćeš ti za praznike?

Pa ja planiram isto malo u grad jer tamo imam Tetku. Zvala me sinoć i neće me biti skoro mjesec dana. Pa to je super Roberte. Da da je tako je Gabrijel. A kad si zadnji put bio u tome gradu. Bio sam za Božić i bilo je stvarno divo. I moram ti reći da mi se grad taj dosta sviđa. Kako to misliš. Pa zato što u centru grada imaš sve što ti treba. A gdje tvoja tetka živi prijatelju. Pa u naselju blizu Gradskoga stadiona. De mi malo pričaj kako je tamo. E sad ću ti reći. Tamo gdje moja Tetka živi ima jako puno parkova. A Stadion je par minuta daleko od ulice gdje mi Tetka živi. A I blizu su Gradski bazeni. Pa moji rođaci i ja idemo skupa na te bazene kad bi imali vremena za to. Te je grad uz rijeku. A za dvadeset minuta Tramvajem je velika povijesna jezgra grada. Tamo kad se dođe ima se sve što nama mladima daje super provod. A što to ima tamo prijatelju de mi malo opiši.

Evo sad ti kažem. U sklopu te gradske jezgre imaju kafići razni klubovi gdje mi mladi možemo se zabaviti pa i tulumariti do jutra. A ti izlaziš sa svojim rođacima samo tamo. Da da izlazimo i to kad njih dvojica imaju vremena. A Tetka im da da izlaze jer oni su stariji od mene obadvojica. Uzmu svoj auto onda mi krenemo u noćni život koji je jako zanimljiv. Nema gdje nas nas nema i tako sve do kasno u noć. Njih dvojica su okej prema meni i njihova me ekipa već poznaje. Vole se šaliti kao i ja i onda mi svi super uživamo u provodu i bude na za deset. Kad su popili piće. Gabrijel pogleda na svoj sat- već je bilo prošlo šest. Joj Roby mora da se krene. Zar već majstore pa rekao sam svojim roditeljima da neću dugo ostati. U redu majstore onda hvala ti na razgovoru i piću. Pa hvala i tebi majstore. bilo mi je super s tobom.

I meni prijatelju isto. Tebi želim sretno kod tvoje Tete u gradu i dobar provod s bratićima. E pa hvala ti majstore. Ma sve pet i tebi hvala na druženju pa budemo u kontaktu. I svatko je pošao svojoj kući. Gabrijelu do kuće nije puno trebalo. Kad je stigao mislio je da je večera bila gotova. Mama ga je odmah upitala. Sine kako je bilo s prijateljem jeste li se napričali vas dvojica. Da jesmo Mama. Što ima za jelo . Jer ja sam ti gladan kao vuk. U redu kad si gladan sad će jelo na brzinu biti zvat ću te kad ga završim.

E ja se ode otuširati pa onda da jedem. A onda da se ja i Lara nađemo opet večeras. Nakon pola sata Mama ga je zvala. Sine hajde sad će jelo. Joj mama moram da požurim. Jer upravo sam dobio poruku od moje Lare da ćemo se naći opet večeras.

A je li ma daj ti jedi pa onda idi sa svojom Larom da se nađete. A i ako te ona voli čekat će te a ne da budeš gladan kad budete skupa. I poslušao je mamu pojeo što je ona spremila za jesti. I krenuo na spoj sa svojom curom.

Bilo je već devet sati kada je Gabrijel krenuo da se nađe sa svojom dragom. Putem dok je išao jedan auto stade iznenada. Bila su to dva njegova frenda Mirko i Slavko. O dobra ti večer Gabrijele. I vama dečki. A gdje ti tako žuriš. Pa idem do centra našega maloga mjesta. A tako jeli. Neko te čeka. Da da moja draga. Opa vidi ti njega. Možemo te odbaciti nas dvojica. Pa može nema frke dečki. Pa jeli istina da ti imaš curu. Da da dobro ste čuli imam. A de sada kad te vozimo da nas i upoznaš sa svojom dragom. Može nema problema vozite do centra pa kad budemo stigli. Pa mogu tad vas dvojicu sa svojom curom upoznati. Super super sjedni u auto vozimo te.

I tako su njih trojica stigli u centra mjesta za par minuta. Kad su stigli reče Gabrijel.

Joj joj dečki pa nije ona večeras sama. I Izađe Gabrijel iz auta. Kad s Larom su bile još dvije djevojke. Večer cure večer i vama dečki reče Lara. A otkud ti s autom ljubavi moja. Pa putem dok sam išao stali su mi njih dvojica jer su željeli da vide tebe.

Mene a tko su ti dečki. A to su mi prijatelji. A ti isto nisi sama večeras pa da tako je moje su dvije prijateljice željele da večeras nas tri izađemo da bi tebe dočekali.

Ok, kad je tako draga. A de ti onda zovi dečke da se upoznamo. Ej dečki možete van iz auta. Evo evo Gabrijel dolazimo. I tako su se svi skupili da bi se lakše upoznali.

Cure su na sebi imale kratke haljinice uske majice i i neke full frizure.

Malo žešći parfem a šminke tak tak. A dečki su bili pravi sportski tipovi što kod cura uvijek pali. Kad će Gabrijel dokle smijete da ostanete a cure. Pa mogu do jutra da budu. Dragi moj, reče mu Lara. A meni se čini Gabrijel ti nisi shvatio da nije više ono vrijeme. Kao kad su njihove Mame bile kao one. A nije valjda do jutra da ostaju . Daj daj samo sam se zezala. A zašto ti o tome vodiš brigu dragi moj. Pa brine me jer bi mogli da nam Roditelji zbog kasnih izlazaka zabrane druženja. Da to si upravu ostaju one do kad i mi ostajemo jer si sada zadovoljan.

Da da ljubavi moja i nemoj mi se nervirati, jesi čuo?

Jesam čuo sam te. Onda u redu. Kad će Mirko njima. Ej škvadro. A što sad ti imaš reći odgovori mu Slavko. E ovo imam reći. Da mi smo jedina ekipa u našem malom mjestu. Koja u njemu ostaje. Dok drugi odlaze u grad da bi uživali i bolje se zabavili nego mi.

Pa gdje drugi idu to, a mi ne idemo reče mu Mirta. Pa na razne koncerte tulume i partije eto to je to. I tako su oni šetali po njihovome malome mjestu do jedanaest. Dečki i cure su otišli svojim kućama. A Gabrijel je Klaudiju otpatio njenoj kući. Kad se vratio kući svojoj bila je već prošla ponoć.

Nije mogao da spava već je uzeo svoj laptop i počeo da surfa ne njemu. I tako sve do tri u jutro. Jer ga je tada istom uhvatio san. Sljedeće jutro Gabrijela je probudilo jaki pljusak kiše i povremena grmljavina. Bilo je već devet sati. On još pospan čuo je kako ga netko zove. Gabrijele, Gabrijele! On se potpuno probudio i shvatio da je to njega mama zvala. Jer sigurno ga čeka doručak pomislio je. I sišao je dole u kuhinju. Kad će njemu mama.

O sine što si tako neispavan. Pa kako sam ne ispavan mama.

Kad si se sinoć vratio kući. Kao i uvijek kad se vraćam. A duže si spavao. Pa što onda. A Mogu sada da jedem. Može jedi. Kad je jeo pita svoju mamu. A gdje je tata otišao.

Otišao je na misu . A mogao si i ti a ne spavati do deset sati, mama će njemu.

On će njoj: - A što si ti tako ljuta na mene. Zato što nisi dugo bio na misi. A ti si sinoć sigurno se duže zadržao sa svojim društvom jer ne bi ti spavao tako duže nego danas. Mogao bi da ideš i na misu danas u dva popodne ima jedna misa . A mama vidiš kako kiša pada danas ne da mi se nikuda iz kuće. Kad je tako sine ja idem na misu u dva sata ti će za kaznu biti čitav dan u kući i navečer ti nema izlaza van. Ali mama nemoj tako. Svoje sam ti rekla sad si jeo i ne zanima me tvoje mišljenje. Gabrijel je vidio da je mama ljuta i otišao je u svoju sobu.

Kad je Gabrijel došao u svoju sobu od ljutnje je zaključao vrata.

Jako tužan poslao je sms Lari. Da mu Mama ne da da se večeras vide. Jer nije htio da ide na misu.

Ona mu je odgovorila samo okej. I poruke nisu više dolazile od nje. Nakon pola sata Gabrijel je poslao još par sms poruka Lari. Ali nije bilo odgovora. Kako je vrijeme prolazilo taj dan. Gabrijel od tuge nije nikako napuštao svoju sobu. Samo je razmišljao u čemu je pogriješio. Prvo Mama je ljuta na njega. A drugo njegova draga nije mu odgovarala na poruke. Kad odjednom Mama je počela da kuca na njegova vrata s visokim tonom. Postavivši mu pitanje što on radi zatvoren u svojoj sobi. Gabrijel je otvorio sobu nakon pet minuta. I reče mama što se ti dereš. Mama će ljutito njemu. Gabrijel dolazi smjesta dole u kuhinju ja i tata trebamo da razgovaramo s tobom. U redu doći ću za deset minuta. Nakon što je odgovorio mami. Čuo je Mamu kao po stepenicama silazi dole. Pitao se u sebi što to njegovi Roditelji sad žele. Nije valjda da su da on prekine sa svojom dragom.

I odlučio je da ide da s njima razgovarat. Kad je došao u kuhinju roditelji su sjedili za stolom. I sjeo je na stolicu. Kad će njemu Tata. Sine ti imaš sedamnaest godina,. Da imam pa što. Nije pa što. Već moraš se malo ozbiljnije ponašati. A ne da se zaključavaš u svoju sobu kao neki razmaženi balavac. Kako se ja to kao balavac ponašam. Recite mi vas dvoje. Kad će tata. - Sinoć si se Sine moj vratio poslije ponoći kući iz mjesta s prijateljima. Pa što vratio sam se živ i zdrav. Jeste da je tako. Ali si jutros spavao duže nego što spavaš i zakasnio si na misu.

Pa joj malo smo se duže zadržao sinoć s društvom vani. Gle sine Mama mi je sve rekla kad sam došao iz Crkve. I to nije u redu od tebe da se tako ponašaš. Pa zato i trebaš da budeš u kazni. A otkud sada to tata pa nisam mali.

A drugo sine moj. Ti si se bez razloga se zaključao u svoju sobu i mama je morala da lupa i viče. Zbog toga ćeš da učiš bolje za školu. A izlaske s curom i prijateljima zaboravi na mjesec dana. A zašto tako Tata. Nemoj se ti meni sada buniti . Već idi uzmi svoju zadaću jer sutra ti je škola. I Gabrijel je samo otišao u svoju sobu. Dugo je razmišljao jer nije znao zašto je tata tako postupio prema njemu. Poslao je poruku Lari da joj javi da je mjesec dana u kazni i ne smije viđati se s njom.

A poruke mu nisu dolazile natrag od njegove drage. I bio je zbog toga još više tužan.

Mjesec dana je prolazili vrlo sporo. Gabrijel je samo išao u školu i iz škole natrag svojoj kući. A čudilo ga je samo to što mu njegova Lara nikako se ne javlja. Čak je i primijetio da ga je i na fejsu blokirala. Tada je shvatio da su zato krivi njegovi roditelji i bio je jako ljut na njih. Samo se zatvarao u svoju sobu išao na jelo kada ga je mama zvala. I onda opet u svoju sobu. Njegova mila i draga Lara mu se nije javljala. Jednoga dana je sreo Mirtu dok se je vraćao kući iz škole. I pitao ju je dali se viđaju ona i Lara. Mirta mu odgovorila da je Lara otišla u grad te da su povremeno u kontaktu. Pa zašto je otišla u grad on će noj tužno. Teško joj je to palo što se nije mogla više viđa s tobom. Dali imaš njen broj mobitela. Imam ali Lara je rekla meni da ti ga ne smijem da dam. Ček ček a kako sada to. E sad ću ti ja da kažem. Lara je jako povrijeđena što si ti sebi dopustio da ti roditelji određuju s kim ćeš se ti družiti. Pa samo je to u pitanju. Mislim da je. Jer nikad nećeš odrasti ako budeš roditeljima dozvoljavao da ti određuju što ti hoćeš što ti želiš i što ti voliš da radiš. Gabrijel je samo pognuo glavu. A Mirta je vidjela da je ona ipak upravu. Kad Gabijel će. Ali čekaj Mirta onda me ona ni ne voli. Nije da te ne voli već tvoj problem s roditeljima, moraš da to sam riješiš s njima.

Jer ćeš biti sam i nikoga nećeš imati. E da upravu si stvarno kad malo bolje razmislim.

I svako je krenuo svojoj kući. Gabrijel je bio jako ljut na svoje roditelje. Kad je stigao kući oni su bili u kuhinji. I pozdravi ih onako hladno. Kad će njemu mama. Sine što je bilo.

Ne ništa nije bilo. Pa zašto si tako hladnoga lica. E sad ću vam reći, zbog vas je to. Kako zbog nas. Pa sve ste mi zabranili. Da se družim s prijateljima da izgubim svoju dragu.

I eto sve sam izgubio jer ste sada zadovoljni. Oni su bili iznađeni kada su čuli to od Gabrijela. A Gabrijel je i dalje bio tužnoga lica zbog toga. I samo je otišao u sobu zaključao se i legao da odmora.

31

Sljedeće jeseni Gabrijel je krenuo u četvrti razred srednje škole. To mu je bila zadnja godina. Kad je došao u školu. Dočekali su ga Prijatelji i počeli da ispituju kako je proveo ljetne praznike. A on će njima, a bilo je i loših i dobrih dana. Vidjeli su da baš nije nešto sretan. Pa ga jedan prijatelj upita. Pa reci nam Gabrijel čemu tako tužno lice nakon praznika. I počeo je Gabrijel da priča. Pa kako je sve dalje govori počeo je da se zbunjuje. Pa hej kompa, što si se ti sad zbunio? Jeli se nešto ružno desilo. E da da desilo se.

A što se desilo ,de nemoj da šutiš , otvori nam se pa će ti biti lakše. U redu evo reći ću vam. Izgubio sam svoju ljubav moju jedinu Laru. A i s Roditeljima sam u velikoj svađi radi toga. A što su ti Roditelji napravili. Zabranili su mi da se viđam sa svojom curom i društvom u svome mjestu. A gdje ti je cura je li te ona barem zove. Ne ne ne zove me . Već je zbog toga otišla u grad. I rekla mi je jedna njena frendica. Da baš radi toga što su mi roditelji zabranili da se družim.

Ona ostavila me, jer ne treba takvog kao ja. Svi u razredu su tužno reagirali. Od Gabrijelove priče. Kako su mu tužno završili praznici. I baš tada mu stiže poruka.

Bok Gabrijel ja sam u gradu kod Klare i imam novoga dečka. I odmah je došla još jedna poruka. I nemoj ti više ispitivati Mirtu gdje sam ja i zašto ti se nisam do sada javljala.

A ja znam da ti znaš tko je zbog toga kriv. To je bila zadnja poruka od Lare. Kad će njemu jedan Prijatelj na to kad je vidio te poruke. Ej Gabrijel. Da reci.

Ja mislim da je tvoja cura kroz ove poruke koje si mi pokazao, ipak u pravu. A kako to misliš da je u pravu. Pa tako ako budeš svojim roditeljima stalno dao da ti sve određuju. Što ćeš raditi i s kim ćeš se družiti zauvijek ćeš biti sam. A mislim da si upravu. Odgovorio mu je Gabrijel tužno. Kad se Gabrijel vratio kući iz škole odmah je pozvao Roditelje da im rekne kako je bilo u školi prvi dan.

I sjeli su za stol u kuhinji da im kaže. Kad će mu Mama. Ej Sine pa što je tako hitno da ja i tata moramo da budemo oboje tu, da bi čuli kako ti je bilo u školi. E pa zato što sam se požalio svojim prijateljima u školi kako ste mi zabranili da se viđam s prijateljima i kako me je moja draga ostavila. Kad će njemu mama pa kako si mogao da govoriš u školi o tome to nije uredu. Je li mama nije u redu , a u redu je da vi meni sve branite. Pa nisam ja malo dijete. U redu u redu nisi mali. Ali si zbog toga izlaska sa svojim društvom. Pa si kasnije nego što treba došao kući. I da se tako nastavilo dalje mogao si da popustiš u školi. Gabrijel je sav ljut na mamu odmah otišao u svoju sobu. A mama je samo ostala u kuhinji i nije ništa rekla. Nakon dva ti sata Gabrijel je otišao do trgovine i uzeo si pet šest boca piva. I kad je stigao kući otišao je u svoju sobu i počeo da pije jednu za drugom. I otvorio glazbu da jako svira. Kako se je napio od tih piva. Legao je na svoj krevet i jako počeo da povraće po svojoj sobi. I od bijesa je bacao boce po sobi. Kad su roditelji čuli te udarce. Tata je došao do njegove sobe a vrata su bila zaključana i muzika je jako svirala. Tata je počeo da lupa po vratima galameći da Gabrijel otvori vrata sobe. Pošto je Gabrijel bio pijan i nije ništa čuo svoga tatu. Tata je njegov jako udario vrata sobe i soba se tada otvorila. Kad je ušao u sobu vidio je Gabrijela kako sav izrigan leži na svome krevetu. A soba je od alkohola se jako baš grozno i neugodno osjetila. Tata je bio sav u šoku jer nije mogao da vjeruje da će se Gabrijel napiti. Počeo je da ga viče. Ali Gabrijel onakav pijan nije ništa odgovarao.

Kad je mama čula da tata se derao na Gabrijela u njegovoj sobi, shvatila je da se nešto ružno desilo. I odmah je otišla da to vidi. Kad je stigla reče Tati. Ej ej što ti vičeš na njega. Pa kako da se bi vikao vidiš da je pijan. U redu onda ga ostavi da dođe k sebi.

I mama je ostala da pokupi flaše od piva. A tata sav bijesan je otišao u njihov vrt. Sljedeći dan Gabrijel je došao sebi i kad je shvatio što je napravio. Vidio je da mu to nije trebalo. I siđe dole u kuhinju. Da vidi jesu li roditelji dole. Dok je silazio čuo ih je kako razgovaraju. Razmišljao je u sebi kako da im se izvine za ono jučer. Jer nije trebao da se napije tek sada je shvatio da mu to nije trebalo. Mogao je drugačije da to riješi.

A to je bilo da porazgovara sa svojima možda bi mu dali neki dobar savjet. Došao je u kuhinju i reče tiho dobar dan. Dobar dan i tebi sine tata će njemu. Jesi što bolje sada. Gabrijel je iznađeno odgovorio da da bolje sam. I tata će njemu sine. Da tata. De mi reci zašto si se jučer napio. Pa Tata to je bilo zbog moje drage. Dobro shvatio sam da je ona bila u pitanju. A rekao sam ti da bi se ti mogao u nju malo više da zaljubiš. Jesi da rekao si mi Tata, sjećam se toga. E pa sad ti je sigurno i jasno da si se i previše zaljubio u svoju dragu kad si se sinoć napio. E pa u pravu si Tata. - tužno će Gabrijel.

Vidi sine ona da te je voljela ne bi te ostavila i otišla u grad. A da u pravu si. Sada tamo ima drugoga dečka. Mislim da mene ona ne voli. Koliko ja volim nju. Da tako je Sine vidim da si shvatio. A ti moraš još i srednju da završiš pa onda i faks. A cura će da bude još. Samo nemoj da piješ zbog svake kao sad kad si se napio radi svoje drage.

U redu Tata zapamtit ću što si mi rekao. I Gabrijel je otišao natrag u svoju sobu. Popodne su mu došli prijatelji u posjetu. Pa su razgovarali njih trojica u njegovoj sobi. O tome kao ja kad ta ostavi onaj koga srce voli. I Mama im je donijela sok u sobu i tako su ostali do šest popodne. Morali su da odu svojoj kući ranije jer bili su iz drugoga mjesta. Gabrijel ih je lijepo ispratio do stanice odakle je išao autobus. Kad su oni otišli busom, već je počeo padati mrak. Gabrijel je krenuo prema mjestu gdje su se on i njegova draga uvijek nalazili. Kad je stigao tamo sjeo je na klupu zapalio jednu cigaretu.

I počeo se prisjećati lijepih dana kojih je tu proveo sa svojoj dragom. Kad odjednom je čuo da neko dolazi. To je bila Mirta. Bok. - reče mu ona. Bok i tebi, što ti tu sada radiš?

Pa vidjela sam te kad si na stanici bio i mahao si dvojici prijatelja . A tako jeli ti mene možda pratiš. Na samo sam išla mjestom i vidjela sam te kad si mahao dečkima u busu. Moram ti nešto reći. Da što je bilo reci slobodno. A ne bi da te ne povrijedim još više. Ok nećeš me moći povrijediti samo de reci. Ok kad hoćeš. Znaš da smo ja i tvoja bivša draga u kontaktu. Ok i što sada. E pa trudna je ona sa svojim novim dečkom jutros mi je javila. Molim! - Gabrijel će njoj. Da, istina je, trudna je i sljedeće godine će imati svatove u našem malom mjestu. Gabrijel je samo šutio. A gle bolje je što sam ti to rekla ja. Nego da su ti čuo od drugih. A ja sam sigurna kad se to čuje da će ti se još i rugati. Da da da u pravu si. Reče joj Gabrijel. I svatko od njih dvoje otišao je svojoj kući.

Približavao se Gabrijelov rođendan. A on je zbog toga sve više popuštao u školi.

Teško mu je bilo jer za njegov rođendan neće biti njegove drage. A i on postaje punoljetan. A nema mu drage da to slavi s njom. I moći će da slavi do jutra svoj rođendan. Njegov rođendan bio je baš u subotu. Nije morao tada u školu već se razvlačio po svome krevetu. Netko je odjednom pokucao na vrata njegove sobe.

Tko je? - Gabrijel će tihim glasom. Mama je. - daj otvori da ti Mama čestita tvoj dan.

Evo idem. I kad je otvorio vrata svoje sobe. Mama ga je odmah poljubila. I reče mu. - Sine sretan ti tvoj osamnaesti rođendan. I da doživiš još puno puno godina to ti tvoja Mama želi. Pa hvala ti Mama na željama i čestitkama. A Tata gdje je on? Tata je dolje u kuhinji, čeka te da ti i on čestita. I Gabrijel je otišao do tate svoga. I kad je došao u kuhinju Tata je bio tamo i reče mu. Sine sretan ti rođendan. Pa hvala ti Tata.

I evo imam nešto za tebe. A na stolu je bila pizza. Kad je Gabrijel vidio pizzu na stolu bio je tada još više sretniji. I njih su troje tada sjeli za stol i počeli da jedu pizzu koja je bila baš za Gabrijelov rođendan. Kad su pojeli pizzu. Gabrijel će tada. - Baš je pizza super bila. I hvala vam mama i tata od srca. Ali meni nije baš do nekavog velikog slavlja. A zašto Sine? - Pa rođendan ti je i to osamnaesti.

Pa zato što moje Lare nema da mi čestita.

Pa nemoj Sine da te to što je nema na tvoj rođendan rastužuje. - Tata će njemu.

Gabrijel je samo spustio ramena. Tata ga zagrli i kaže mu , sine moraš da budeš pozitivan i danas će biti nešto gostiju. Pa ne budi tužan da oni te takvog vide. Jer bi mogli da misle da si i dalje malo dijete. Ok tata bit ću veseliji da gosti na mom rođendanu ne bi rekli da sam još mali. E sine tako treba samo budi vedriji a ti to i možeš. Jer danas je tvoj osamnaesti rođendan. A i punoljetan si sine a i to ti je nešto.

Da da jeste Tata. Puno puta sam do ovoga dana o tome razmišljao.

I shvatio sam da me čeka još da završim srednju i onda na faks.

To je dobro sine da si shvatio. A stvar još jedna moraš što prije da zaboraviš svoju Laru. Jer moći ćeš lakše tada da završiš Srednju , a i pođeš na faks. I shvati da ona sada ima svoj život. A ti si moraš naći novu curu i krenuti svojim putem u nove pobjede. A da kad bolje razmislim Tata mislim da si ti upravu. I poslušat ću te. E sad ode u svoju sobu da pričekam kad će mi prijatelji da dođu. Uredu sine idi mi ćemo ti javiti kad prijatelji tvoji dođu. I Gabrijel je otišao u svoju sobu. Poslije podne su mu došal dva prijatelja na rođendan. Ali nisu ostali dugo jer su bili iz drugoga mjesta. Onda nakon njih došla mu je sva rodbina. I slavlje je prošlo lijepo. A Gabrijel se na kraju svima od srca zahvalio. Što su došli na njegov rođendan. Kad su svi otišli svojim kućama. Gabrijel se navečer prošetao do mjesta gdje su se on i Lara nalazili.

Sve je bilo pusto i prazno on je zapalio cigaretu i sjeo na klupu. Nakon par minuta pojavila se Mirta - Larina najbolja prijateljica. Bok Gabrijel, što ti radiš tu sam?

Sretan ti rođendan. Pa hvala ti Mirta, hvala ti. A zašto ti nisi došla pa poslao sam ti poruku da dođeš. A oprosti nisam imala vremena - Mirta će njemu. A da te pitam još nešto. - Hajde pitaj slušam te., A dali ti je prazno što nema tvoje Lare. Pa moram ti reći Mirta da i ne. O kako to sada i da i ne pa ne mogu vjerovati da to čujem od tebe.

A i postalo mi je malo lakše od kad idem u školu. Uz pomoć prijatelja mi je sada postalo jasno da me nije ni voljela kao što sam ja volio nju. A ti si s njom još u kontaktu? - Da jesam. I pričala mi je da je trudna sa svojim novim dečkom i ja sam joj čestitala na tome. Kad je Gabrijel to čuo pozdravio je Mirtu i zaželio joj laku noć.

Tako je svako od njih dvoje otišao na svoju stranu. A Gabrijel dok je putem išao prema svojoj kući u sebi je govorio: -

Joj joj samo mi je još i ovo trebalo da saznam.

I to baš na moj rođendan. Putem je zapalio jednu cigaretu. Kad je stigao kući onako

sav nervozan nije nikoga htio pozdraviti , samo je odjurio u svoju sobu. Njegovi su roditelji odmah shvatili da nešto nije u redu. Mama je otišla odmah za njim do sobe. I pokucala mu na vrata. Upitavši, Gabrijel jeli sve u redu? Nešto nije u redu jeli se možda nešto grozno desilo. Ne Mama sve je uredu i ne brini ti ništa to je moja stvar i sam ću je riješit. U redu sine kad je tako onda i riješi to.

I mama je sišla dole u kuhinju. Kad ja stigla reče Tati. MilSim da je on nešto opet saznao o svojoj Lari. A kako to znaš? E pa pitala sam ga što je bilo. On mi je odgovorio da je to njegova stvar i da će je sam sa sobom riješit. Onda može biti samo ta njegova Lara.

Da u pravu si sigurno je ona. - Tata je rekao. Sljedeći dan Gabrijel je samo došao u kuhinju opet sav ljut. Kad je tata to primijetio odmah ga je upitao. A što te muči sine?

I čemu tako ljutit pogled? A Gabrijel će: - E Tata mogu da ti kažem. Pa hajde reci slušam te. Sinoć na moj rođendan mi je prijateljica Mirta rekla da moja bivša drugoga voli i da se njih dvoje vjenčavaju sljedeće godine. A i još čeka bebu s novim dečkom. O sine pa to nije lijepo od tvoje drage. Ali Tata ja nju još volim jako. Znam da ju voliš sine, vidi se to na tebi. Ali Tata otkad je ona otišla u grad život mi je bez nje postao prava noćna mora. U redu sine , u redu znam ja da nije lako preboljeti nekoga tako brzo. A ti sada poslušaj moj savjet. A u redu tata, što mi savjetuješ? Ti imaš svoju školu ona ti je sada bitnija. I druži se više sa svojim prijateljima razgovarajte o tome, a kad dođeš kući uzmi više da učiš i nemoj puno lutati po našem malome mjestu. I tako ćeš lakše da se pomiriš s tim što te je tvoje cura povrijedila. U redu tata poslušat ću tvoj savjet. I hvala ti na tome. Ma sve u redu sine. I Gabrijel je otišao u svoju sobu. Gabrijel tu noć nije mogao ni da oka sklopi. Samo je razmišljao o svojoj dragoj i onim danima koje su zajedno provodili. Stalno se vrtio po krevetu izlazio na balkon sa zapaljenom cigaretom. I tako sve dok jutro nije svanulo. Istom je tada malo zaspao. Oko deset sati se ustao. I shvatio da je zakasnio u školu.Tad se sav uspaničario što će mu roditelji reći. I opet će mu neku kaznu da dadu, a ne znaju kako mu je teško zbog njegove drage. Mama je pokucala na njegova vrata sobe. Gabrijel ustaj zar ne ne znaš da si zaspao danas. A i još nisi otišao niti u školu.

Daj Mama pusti me da spavam a i nije sada baš toliko važno što nisam otišao u školu jer ipak je uskoro kraj ove školske godine. I nastavio je Gabrijel da spava i dalje . Mama je sišla dolje. I zatekla je Mirtu u njihovoj kući. O pa otkud ti tu kod nas Mama će Mirti .

Pa pustio me Gabrijelov Tata. Pitala sam ga jeli Gabrijel kući. I rekao je da je kući.

A trebaš ga nešto pa si došla. Da da jer imam za njega jednu važnu vijest..

U redu možeš mi reći i ja ću mu prenijeti. Evo ovo je Lara poslala meni da dam Gabrijelu. Da on pročita jer ipak su njih dvoje bili skupa. A što je Lara poslala Gabrijelu po tebi?

-Mama će Mirti. I pokaže Mirta jedno pismo. Mama će nato: - U redu, u redu ništa ti ne brini možeš mi to pismo slobodno dati. Ja ću mu odnijeti kad se probudi. I Mirta je dala pismo Gabrijelovoj mami. I odmah otišla van iz njihove kuće. Kad se je Gabrijel probudio. I sišao dole do kuhinje a mama je njegova nešto radila.Gabrijel je pozdravi i upita: - O mama što ti tu radiš u kuhinji, a da nije neko jelo.

A sine ništa posebno a ti jesi se naspavao. A i ne baš. Da da vidim da je tako. Jeli tko dolazio možda? - Da, bila je prijateljica tvoje drage. Molim? Mirta je bila? što je ona radila kod nas? Pa donijela ti je pismo od tvoje drage. Evo ti ga da pa de pročitaj da vidimo što ti tvoja draga piše. A Gabrijel će mami: - Neću tu čitati pred tobom ode ja u svoju sobu.

Jer već sam ti rekao da je to moja stvar. - U redu sine, mama će njemu. I Gabrijel je otišao gore do svoje sobe da bi pročitao pismo od svoje drage.

Kad je Gabrijel došao u svoju sobu i prije nego što je počeo da čita pismo od svoje drage , imao je neki tužan osjećaj da u pismu nešto loše piše.

Ali je ipak počeo da ga čita. A u pismu je pisalo ovo.

"Dragi moj javljam ti se jer mislim da je ovako najbolje. Moram ti prvo reći da mi je jako žao što samo morali da prekinemo. Ja još uvijek patim za tobom.

Imali smo divnu vezu ti i ja. Ali morali smo prekinuti, ne samo zbog tvojih roditelja.

Sa njihove strane smo imali podršku. Koja isto nije dugo potrajala. A veći krivac našeg raskida su moji roditelji. Zbog toga što sam te jako voljela nisam ti htjela

o tome govoriti. Jer kakvog te poznajem ti bi jako bio ljut, zbog toga što mi moji roditelji brane da se viđam s tobom. Zato kad sam išla u izlaske naše govorila bi svojim roditeljima da se nalazim sa prijateljicom a ne s tobom. A i moja najbolja prijateljica Mirta je bila jako bila protiv naše veze. I onda je jednoga dana ona rekla mojima da smo ti i ja zajedno. Kad su oni to saznali naredili su mi da se odmah spremim i odem živjeti u grad. Oprosti mi što ti to nisam ranije javila. A ti nemoj sada da ideš se svađati s Mirtom i mojim roditeljima, da ne bi imao problema. Kad smo išli ti i ja za grad,

nisam ti rekla da ideš ti sa mnom. A kad smo se počeli viđati češće i sve češće, oni su meni samo znali da prigovaraju. A njima je smetalo što si ti dosta mlađi od mene. To je moj brat Marko saznao i onda mi je našao novoga dečka. Koji nije ni sličan tebi. Samo je on stariji od mene. Jer glavni problem u našoj vezi je taj što si ti dosta mlađi od mene. A to mojima a znaš i tvojima nije baš odgovaralo. Ali shvati da te volim i volim te još. Jer si mi bio poput heroja. A ja sam s tim svojim novim dečkom u tajnoj vezi. Još od kada sam bila kod Klare i to kad sam išla sama. A što se tiče tebe ti si mi prirastao jako srcu. Ali vjeruj dragi moj , morala sam te ostaviti zbog te velike razlike u godinama.

A one su bile problem u našoj vezi znaš od samoga početka.

Sada sam sretna. Ali ne baš tako kao s tobom. I Klara je ostavila Tomislava.

On je počeo da uzima drogu. To jeste razlog prekida njihove veze. Jer droga je opasnija nego godine. Bolje što sam te ostavila ranije. A ne da smo ušli u dublju vezu ti i ja bilo bi mi puno puno teže. A ti nemoj sada biti agresivan radi toga. I praviti neke grube stvari prema sebi ili možda svojim roditeljima. I znaj dragi moj bilo bi mi teško rastati se od tebe. A pošto sam ja otišla bez pozdrava, ti zato imaš razloga da se ljutiš na mene.

Ali znaj da te i dalje volim. I želim ti sreću u daljnjem životu. I da si nađeš što prije neku curu. Da bi mogao da me zaboraviš i da taj tvoj bijes i ljutnja što prije prođu. Voli te tvoja draga i želi ti puno sreće."

Gabrijela je odmah uhvatio bijes i ljutnja, pismo je od bijesa poderao. I pustio muške suze, jer jako je bio vezan za svoju dragu. Pa je sišao dolje u kuhinju mami se požaliti. I kaže joj što mu je napisala njegova draga u pismu.

Kada je Gabrijel došao dolje u kuhinju, mama će njemu: Sine pa zašto si ti plakao?

Pa ovo pismo koje sam dobio od Lare moram reći da me je jako potreslo. Zato sam i za plakao. A što je napisala ta tvoja Lara, da te je to dovelo do suza? Dobro, reći ću ti mama zato sam i došao dolje. U redu sine, pričaj mi slušam te. Pismo koje je poslala Lara meni puno, puno je emocije, tuge i istine o meni i njoj. E sine moj sva ljubavna pisma moraju biti takva. U redu je mama kad ti tako govoriš. Ode ja sada malo da se prošetam. U redu sine samo nemoj napraviti neku glupost radi toga pisma. Već se pomiri s tim da je kraj veze tebe i tvoje Klaudije. Dobro mama slušat ću te i nemoj se brinuti. I Gabrijel je otišao prema centru mjesta. A kada je stigao tamo sjeo je na klupu i počeo da razmišlja govoreći sam sebi: Pa ne bi se ja trebao toliko nervirati oko toga. Jer ona me je ostavila a i spavala je s drugim. Zapalio je cigaretu i opet pustio suzu. A muški kako znamo puštaju suze sam u rijetkim trenutcima. To je još i veliki znak da je Gabrijel jako volio svoju dragu Klaudiju. I odjednom mu zazvoni mobitel. Kad je Gabrijel vidio da je to poziv s privatnoga broja javio se. Bok tko je to i što zovete s privatnoga broja? A to je bila Klaudija. Bok Gabrijel jesi dobio pismo od mene?

Da jesam dobio sam ga. A i nisam se nadao od tebe da možeš biti takva. Pa kako to misliš? Pa slušaj Lara ponovo otišla si u grad a drugo imaš i novoga dečka.

Kako je meni sada to tebe nije briga. Pa nemoj tako Gabrijel jer sam ti rekla u pismu da mi nije lako i znaj da te još volim. Gdje si sad ti kad tako slobodno pričaš sa mnom. Pa ja sam na našem mjestu gdje smo ti i ja izlazili uvijek. - I što sad tamo radiš? Sjedim na klupi i sjećam se naših trenutaka koje smo provodili skupa. A izlaziš li još gdje osim tu gdje si sada. Ne nakon svega ne idem nigdje. Jer se prijatelji ne druže sa mnom. Ti si otišla drugome. A ja sam ostao sam. I pitam se svaki dan čemu sam to zaslužio. Jer volio sam te svim srcem a ti si mi tako vratila. I moram ti priznati da si mi slomila srce. I bolje bi bilo da me ne zoveš više. I Gabrijel je prekinuo poziv s Larom. Krenuo je kući , počela je kiša kao da je nebo plakalo što je ta ljubav završila. Kad je došao kući roditelji su ga pitali: Što se sine s tobom dešava ti si za ne prepoznati. - Zvala me Lara na mobitel i rekao sam joj sve što sam htio i prekinuo poziv. Mama će njemu: Pa smiri se već jednom. Od kad je ona otišla ti si za ne prepoznat sine moj. A još gore od toga sve si zapustio a posebno školu što nije najmanje u redu da tako radiš. Ok mama u pravu si shvaćam te. A moram ti reći da me baš zanima što je to u pismu ona tebi pisala i čime ti je ranila tvoje srce. Evo sad ću da ti reknem mama što je bilo u tome pismu. U redu može slušam. I Gabrijel je počeo da govori mami. Lara je napisala da su protiv naše veze najviše se bunili njeni roditelji. I morala je da laže kad ide sa mnom da se nađe. Govorila je svojima da se nalazi s prijateljicama. A ne sa mnom. A kada više nije mogla da to skriva od roditelja jer je njena najbolja prijateljica Mirta rekla njezinim roditeljima pravu istinu. Oni su joj tada zabranili da se sa mnom sastaje i rekli joj da si nađe drugoga dečka i to van našega mjesta. Što je to ona i učinila i onda me je još to moja mama i više povrijedilo. Da da da shvaćam te sine moj. A kada ste se vas dvoje čuli zadnji puta? - pita mama njega. Ma večeras smo se čuli. I što sad ona hoće od tebe? A počela da mi se izvinjava i govori da me još uvijek voli. O sine moj pa sad sam shvatila zašto si tako ranjen. I mama ga je zagrlila. E mama hvala ti što me tješiš ma se u redu sine moj zato sam tu. Idem ja malo van da uzmem zraka. U redu sine samo izađi. a nemoj dugo da ostaneš vani i Gabrijel je izašao na ulicu.

Gabrijel nije bio dugo vani. Kad je stigao kući odmah je krenuo prema svojoj sobi. Kad je ušao u sobu malo po malo je počeo da traži sve uspomene na Laru i njega. Nije mu trebalo puno da sve te uspomene i nađe jer ih je skrivao u svome malom ormariću u desnom kutu svoje sobe. Kad ih je sve našao od tuge i bijesa ih je pokupio u jednu vrećicu i krenuo prema vrtu svojega dvorišta. Nikoga nije bilo da ga vidi. Kad je stigao pred vrt sa suzama u očima, počeo je da pali sve te uspomene na svoju dragu ljubav koja nije više pored njega. Kad se vratio u kuću mama ga upita: Pa sine što si ti radio u vrtu rekao si mi da ideš u svoju sobu. Kad će on mami: Pa bio sam u vrtu i sve svoje uspomene na svoju bivšu sam zapalio tamo. O pa ti nisi stvarno normalan kad si to uradio. Jeli se vatra ugasila. Jeste mama da, ugasila se. A zašto si to palio sine moj? Pa zato mama ako ne budu u mojoj sobi te uspomene što prije ću zaboraviti nju. I sve vezano za mene i nju. Pa sine ne radi se to tako i sad je dosta tvojih gluposti. Ode ja po Tatu pa ćemo nas troje da porazgovaramo s tobom o tim stvarima. U redu u redu Mama. Gabrijel je ostao u kuhinji. Nakon pet minuta Mama i Tata su bilI u kuhinji da bi sa Gabrijelom porazgovarali o svemu. Razgovor nije dugo potrajao jer Gabrijel je samo šutio i nije slušao što mu roditelji govore. Kad je njegov Tata shvatio da Gabrijel samo šuti nije htio da razgovara samo je otišao i ostavio njega i Mamu same. Mama ga je upitala: Što šutiš sine? Gabrijel joj nije odgovarao na pitanje i dalje je samo šutio. I Mama mu reče hajde idi ti sine u svoju sobu i odmori se pa ćemo drugi puta probati razgovarati tata, ti i ja. I otišao je onda on u svoju sobu sav ljut. Jer ljut je bio na svoje roditelje a i na sebe isto. I govorio u sebi da su oni a najviše i on sam krivi što je njegova veza s Larom morala da dođe svome kraju. Zbog toga nije htio da razgovara sa svojim Roditeljima, a na sebe je bio ljut jer se puno vezao za svoju dragu. Stalno je mislio da će trebati dugo vremena da ju zaboravi a i tko zna hoće li više ikad naći takvu ljubav kao što je Lara. Nakon pola sata su mu stigle dvije poruke od Mirte. "Bok Gabrijel evo ti šaljem poruke da je Klaudija rodila sina i dati će mu ime po tebi nije li to lijepo od nje. A i to je veliki znak da te još uvijek ludo voli." Kad je pročitao te poruke malo je na bacio osmijeh. I počeo onda da viče na sav glas po svojoj sobi. - Moja je bivša ljubav rodila svoga sina i dala dala mu ime po meni. To to je ipak neki znak da me još uvijek voli. Roditelji su čuli kako Gabrijel izgovara to u svojoj sobi. Odmah su došli do njegove sobe i govoreći mu što tako viče, nek bude normalan . Kako ja to nisam normalan.? Tata će njemu: Pa ti nisi normalan. Kako nisam normalan Tata što ti to govoriš meni? Pa da, nisi normalan jer si sretna što tvoja bivša je dala ime svome djetetu po tebi. Pa što ako je dala Gabrijel? A tata mu reče, a i još si sretan tko da je tvoje dijete se rodilo. Gabrijel je samo zatvorio vrata sobe pustio muziku na sav glas jer htio je da dokaže da mu nije žao zbog svega. A Roditelji su samo i nakon toga upitali jedno drugo jeli naš sin uopće dobro nakon svega što mu se dogodilo do sada. I kakav će biti dalje. Ta glazba nije dugo svirala u njegovoj sobi. A Gabrijel je u sebi samo govorio da je jako sretna zbog toga što je Lara dobila sina koje nosi njegovo ime. Nakon par dana čuo se Gabrijel s Mirtom , ona mu je javila da će Lara doći kod svojih Roditelja u posjet da bi oni vidjeli svoga novoga unuka. To mu nije bilo drago. A koji dan ona dolazi pa rekla je da dolazi za tjedan dana. I razgovor je završio. Počeo je sebe ispitivati pa kako će on to moći podnijeti kada Lara bude u njihovome malome mjestu i to sa svojim sinom koji se zove kao on.

I shvatio je da mora biti spreman na sve. Tim paničarenjem samo njemu može biti gore.

Nakon nekoliko dana Lara je stigla u posjet svojim roditeljima. Gabrijel je odmah tada dobio poruku od nje da je stigla u goste kod svojih i da bi mogli da se vide. Gabrijel kad je to pročitao odmah se spremio da se nađe s njom. Ona ga je pozvala u kuću svojih roditelja da tamo dođe kako bi se vidjeli. I on se je odmah spremio krenuvši prema tamo. A i nije mu baš dugo trebalo da stigne. Kad je stigao Larina je mama otvorila vrata kuće. Dobra dan. - reče Gabrijel, a njena mama samo mu je odgovorila: I tebi isto. Kao da joj nije bilo baš drago što je Gabrijel došao u kuću. Gabrijel ju upita gdje je Lara. Evo tu je s prijateljicama Mirtom i još jednom u sobi su svi pa možeš ići tamo. U redu onda i otišao je do sobe gdje su bile Lara Mirta i još jedna prijateljica. Kad je ušao u sobu njih tri su pričale a tu je bio i njen budući suprug Hrvoje. Gabrijel reče bok svima o bok i tebi Gabrijel pa ti si tako brzo stigao reče mu Lara. Pa znaš mene da sam ja uvijek bio brz i točan. Da da upravu si. Ajde onda slobodno uđi i možeš negdje da sjedneš. U redu ,hvala ti. A jesi li možda za sok? Pa može jedan sok. A vi cure jeste li i vas dvije još za jednu čašu soka? Mirta će njoj ne nismo jer nas dvije upravo sada idemo svaka svojoj kući, glasno će ona. A Lara će: Pa zašto sad odjednom vas dvije idete svojim kućama? Pa zbog tvog iznenadnog i novo pristiglog gosta eto baš zato i idemo nas dvije.- ljutito će Mirta. U redu kad je tako hvala vam što ste bile i budemo se vidjele još dok sam ja ovdje. Da da ali samo nas tri i tvoj Hrvoje. U redu u redu kad tako kažeš Mirta, budem vas ja zvala obje to ne morate brinuti. I tako je Lara ispratila svoje prijateljice. Otišla je da napravi sok za Gabrijela i brzo se vratila u sobu gdje su bili Gabrijel i njen dragi Hrvoje. Njih dvojica nisu do tada pričali baš ništa. Kad je Lara ušla u sobu odmah pita Hrvoja: Je li spava naš mali sin? Da da , spava još ne brini se ti ništa. U redu kad je tako. Gabrijel , evo ti sok i oprosti mi što si me morao dosta čekati trebalo mi je da ispratim njih dvije jer su željele ići svojim kućama. Da da shvatio sam to. Gabrijel upita Laru dali bi on mogao da vidi njenoga sina dok još spava. Kad Lara će njemu: Ma nema potrebe da ti gledaš moje i Hrvojevo dijete. A zašto si me onda pozvala kod sebe? Tako da bih te mogla vidjeti. A i da te upoznam sa svojim novim dečkom a i budućim suprugom. Sve mi se činim da ste vas dvojica čitavo vrijeme samo šutjeli jedan od drugoga dok se ja nisam se vratila u sobu . A Gabrijel je ostao tada bez teksta. I reče ona njima tad: Daj vas dvojica si pružite ruke da bi se upoznali. Pa njih dvojica to onda i napraviše. Kad nakon toga se probudi i njihov mali sin. A Lara reče: Pa evo i maminog i tatinog sina probudio se on nama. I uzela ga je odmah u naručje počevši da ga nosi po sobi. Kad je Gabrijel to vidio kaže: Lijep vam je vaš mali sin a i baš je sav kao njegov tata . Da da upravu si odgovori mu Lara. Gabrijel će tada a eto ja sam sada vidio tebe i tvoju novu pa i buduću obitelj. Mislim da bi bilo mi vrijeme poći svojoj kući. A već ideš Gabrijel otkud tako brzo. Pa vidim da imate vas dvoje sada obaveza a i ne da mi se ostajati još. Valjda budemo se vidjeli u našemu malome mjestu dok ste tu . U redu ako budemo mi imali vremena nađemo se s tobom. I Gabrijel ih je pozdravio sve i pošao svojoj kući. Putem je počeo da razmišlja kako bi mu bilo bolje da se pomiri s tim da je njegova draga Lara sada dio njegove prošlosti. A drugo ona je ipak htjela da ima sina s drugim muškarcem. A valjda će i on sebi naći neku curu a bolje bi bilo i da još ne traži da ne bi bila ta nova cura kao Lara. I kad je stigao do kafića u njihovome malome mjestu. Odmah je unišao da popije neko piće pa onda nakon sat vremena je krenuo prema svojoj kući. Kad je stigao kući upita ga Tata: Sine pa gdje si ti odjednom otišao da se nisi javio i nema te već šesti sat. Već smo se zabrinuli ja i mama. Daj tata što ste se zabrinuli nije mi više osam godina već osamnaest. Pa gdje si bio reci mi sve ovo vrijeme. Evo reći ću ti bio sam kod Lare. Kako kod Lare pa tako što je ona došla u goste kod svojih pa me je pozvala da je vidim, a i upoznam njenog budućega supruga i sina kojega je rodila. Tata će mu: Pa kako je bilo sine na tome upoznavanju. Pa ne baš divno. A tako jeli sine moj nije ti se svidjelo to što si vidio tamo. Da da da u pravu si tata. A slušaj sine, da je mene moja draga tako napravi nešto kao tebi ta tvoja Lara. Ne bi ja nikad više nju htio vidjeti a niti njenoga supruga ili sina. Da da da tata u pravu si a ja ti tek sada tata moj i vidim da me je osramotila i samo se meni s tim sada pomalo i još osvećuje misleći da mi pakosti tako, E sine moj, ako tako misliš onda nemoj s njom više imati ništa čak niti kontakt na mobitelu. Pa neka joj baš bude tada jasno da se ti ne daš zafrkavati. U pravu si tata poslušati ću te. I hvala ti na tom savjetu. I Gabrijel je otišao u svoju sobu gore da odmara. Sljedećega dana Gabrijel je stalno mislio da će ga Lara prije nego što otiđe natrag u grad možda poslati poruke da se

nađu s njim. Ali nikako nije dobivao poruke na mobitel od nje i tada
je shvatio da je ona samo toga prošlog dana tim pozivom kod njenih
roditelja njemu htjela jedino da na pakosti. I on se je u sebi samo kajao
zbog svega što je uopće i s Larom imao. Sišao je dole u kuhinju i kad
je vidio svoga oca prišao mu je rekavši mu tad. Oprosti mi tata bio sam
glup što sam previše vjerovao svojoj dragoj Lari i sada sam svjestan da
mi nije to ni trebalo. A otac će njemu smiri se sine sve su prve ljubavi
uvijek takve tužne a i jako bole. Ti sada samo sebi nađi novu curu što
prije i pazi da ne bude kao Lara. U redu tata zapamtit ću to i hvala ti
što si mi dao taj savjet. Nakon tih Gabrijelovih riječi stigla mu je poruka
od Lare. Gabrijel izvini mi što se nismo vidjeli danas prije moga odlaska
u grad jer smo bili zauzeti a i žurilo nam se. A ja ću ponovo da dođem
za dva mjeseca pa budemo se onda opet vidjeli. Jer planiram da svoje
vjenčanje pravim tu u našem malom mjestu. I bit će mi drago da i ti
budeš na tome mome vjenčanju. Kad je Gabrijel pročitao te poruke
pokazao je tati. Pa tata mu reče de sine daj ne odgovaraj ništa toj svojoj
Lari jer nema smisla .Zar ne vidiš i sam da te samo ona s tim porukama
provocira. U redu hvala ti tata neću joj odgovoriti na poruke samo ću
promijeniti broj mobitela i s novim brojem ne budem joj se javljao.
Tako je , sine moj bravo neka shvati i i ona tada da ti nije žao i da nemate
ti i ona ništa više za dopisivati se putem tih poruka. A moj ti još savjet
ako joj ne budeš odgovarao na poruke koje ti šalje. tako će valjda joj
biti nadam se jasno da tebe nije briga što je sada s tim svojim novim
dečkom a i budućim suprugom. Uredu tata hvala ti još za ovaj savjet
poslušat ću te. I Gabrijel je otišao da si kupi novi broj mobitela ali samo
radi toga da bi njegovi misli da s Larom nije više u kontaktu. A svoj
stari broj je sačuvao u ladici maloga noćnoga ormarića pored kreveta
svoje sobe. I zato je stavio taj stari broj u jedan mali mobitel od prije
koji je imao. I reče tiho u sebi ove riječi. E ovaj broj bit će tu u ovome
mobitelu. Jer mogao bih samo da pogledam povremeno dali mi šalje
bilo kakve poruke moja Lara. Jer zadnju poruku što je poslala meni
napisala mi je da joj je želja da je ja vidim kad se bude udavala tu u

našem malome mjestu. Kako se radi svih tih riječi Gabrijel samo dosta iscrpio a i razočarao odmah je istog trena samo i zaspao.

Nakon nekoliko dana Lara je stigla u posjet svojim roditeljima. Gabrijel je odmah tada dobio poruku od nje da je stigla u goste kod svojih i da bi mogli da se vide. Gabrijel kad je to pročitao odmah se spremio da se nađe s njom. Ona ga je pozvala u kuću svojih roditelja da tamo dođe kako bi se vidjeli. I on se je odmah spremio krenuvši prema tamo. A i nije mu baš dugo trebalo da stigne. Kad je stigao Larina je mama otvorila vrata kuće. Dobra dan. - reče Gabrijel, a njena mama samo mu je odgovorila: I tebi isto. Kao da joj nije bilo baš drago što je Gabrijel došao u kuću. Gabrijel ju upita gdje je Lara. Evo tu je s prijateljicama Mirtom i još jednom u sobi su svi pa možeš ići tamo. U redu onda i otišao je do sobe gdje su bile Lara Mirta i još jedna prijateljica. Kad je ušao u sobu njih tri su pričale a tu je bio i njen budući suprug Hrvoje. Gabrijel reče bok svima o bok i tebi Gabrijel pa ti si tako brzo stigao reče mu Lara. Pa znaš mene da sam ja uvijek bio brz i točan. Da da upravu si. Ajde onda slobodno uđi i možeš negdje da sjedneš. U redu ,hvala ti. A jesi li možda za sok? Pa može jedan sok. A vi cure jeste li i vas dvije još za jednu čašu soka? Mirta će njoj ne nismo jer nas dvije upravo sada idemo svaka svojoj kući, glasno će ona. A Lara će: Pa zašto sad odjednom vas dvije idete svojim kućama? Pa zbog tvog iznenadnog i novo pristiglog gosta eto baš zato i idemo nas dvije.- ljutito će Mirta. U redu kad je tako hvala vam što ste bile i budemo se vidjele još dok sam ja ovdje. Da da ali samo nas tri i tvoj Hrvoje. U redu u redu kad tako kažeš Mirta, budem vas ja zvala obje to ne morate brinuti. I tako je Lara ispratila svoje prijateljice. Otišla je da napravi sok za Gabrijela i brzo se vratila u sobu gdje su bili Gabrijel i njen dragi Hrvoje. Njih dvojica nisu do tada pričali baš ništa. Kad je Lara ušla u sobu odmah pita Hrvoja: Je li spava naš mali sin? Da da , spava još ne brini se ti ništa. U redu kad je tako. Gabrijel , evo ti sok i oprosti mi što si me morao dosta čekati trebalo mi je da ispratim njih dvije jer su željele ići svojim kućama. Da da shvatio sam to. Gabrijel upita Laru dali bi on mogao da vidi njenoga sina dok još spava. Kad Lara će njemu: Ma nema potrebe da ti gledaš moje i Hrvojevo dijete. A zašto si me onda pozvala kod sebe? Tako da bih te mogla vidjeti. A i da te upoznam sa svojim novim dečkom a i budućim suprugom. Sve mi se činim da ste vas dvojica čitavo vrijeme samo šutjeli jedan od drugoga dok se ja nisam se vratila u sobu . A Gabrijel je ostao tada bez teksta. I reče ona njima tad: Daj vas dvojica si pružite ruke da bi se upoznali. Pa njih dvojica to onda i napraviše. Kad nakon toga se probudi i njihov mali sin. A Lara reče: Pa evo i maminog i tatinog sina probudio se on nama. I uzela ga je odmah u naručje počevši da ga nosi po sobi. Kad je Gabrijel to vidio kaže: Lijep vam je vaš mali sin a i baš je sav kao njegov tata . Da da upravu si odgovori mu Lara. Gabrijel će tada a eto ja sam sada vidio tebe i tvoju novu pa i buduću obitelj. Mislim da bi bilo mi vrijeme poći svojoj kući. A već ideš Gabrijel otkud tako brzo. Pa vidim da imate vas dvoje sada obaveza a i ne da mi se ostajati još. Valjda budemo se vidjeli u našemu malome mjestu dok ste tu . U redu ako budemo mi imali vremena nađemo se s tobom. I Gabrijel ih je pozdravio sve i pošao svojoj kući. Putem je počeo da razmišlja kako bi mu bilo bolje da se pomiri s tim da je njegova draga Lara sada dio njegove prošlosti. A drugo ona je ipak htjela da ima sina s drugim muškarcem. A valjda će i on sebi naći neku curu a bolje bi bilo i da još ne traži da ne bi bila ta nova cura kao Lara. I kad je stigao do kafića u njihovome malome mjestu. Odmah je unišao da popije neko piće pa onda nakon sat vremena je krenuo prema svojoj kući. Kad je stigao kući upita ga Tata: Sine pa gdje si ti odjednom otišao da se nisi javio i nema te već šesti sat. Već smo se zabrinuli ja i mama. Daj tata što ste se zabrinuli nije mi više osam godina već osamnaest. Pa gdje si bio reci mi sve ovo vrijeme. Evo reći ću ti bio sam kod Lare. Kako kod Lare pa tako što je ona došla u goste kod svojih pa me je pozvala da je vidim, a i upoznam njenog budućega supruga i sina kojega je rodila. Tata će mu: Pa kako je bilo sine na tome upoznavanju. Pa ne baš divno. A tako jeli sine moj nije ti se svidjelo to što si vidio tamo. Da da da u pravu si tata. A slušaj sine, da je mene moja draga tako napravi nešto kao tebi ta tvoja Lara. Ne bi ja nikad više nju htio vidjeti a niti njenoga supruga ili sina. Da da da tata u pravu si a ja ti tek sada tata moj i vidim da me je osramotila i samo se meni s tim sada pomalo i još osvećuje misleći da mi pakosti tako, E sine moj, ako tako misliš onda nemoj s njom više imati ništa čak niti kontakt na mobitelu. Pa neka joj baš bude tada jasno da se ti ne daš zafrkavati. U pravu si tata poslušati ću te. I hvala ti na tom savjetu. I Gabrijel je otišao u svoju sobu gore da odmara. Sljedećega dana Gabrijel je stalno mislio da će ga Lara prije nego što otiđe natrag u grad možda poslati poruke da se nađu s njim. Ali nikako nije dobivao poruke na mobitel od nje i tada je shvatio da je ona samo toga prošlog dana tim pozivom kod njenih roditelja njemu htjela jedino da na pakosti. I on se je u sebi samo kajao zbog svega što je uopće i s Larom imao. Sišao je dole u kuhinju i kad je vidio svoga oca prišao mu je rekavši mu tad. Oprosti mi tata bio sam glup što sam previše vjerovao svojoj dragoj Lari i sada sam svjestan da mi nije to ni trebalo. A otac će njemu smiri se sine sve su prve ljubavi uvijek takve tužne a i jako bole. Ti sada samo sebi nađi novu curu što prije i pazi da ne bude kao Lara. U redu tata zapamtit ću to i hvala ti što si mi dao taj savjet. Nakon tih Gabrijelovih riječi stigla mu je poruka od Lare. Gabrijel izvini mi što se nismo vidjeli danas prije moga odlaska u grad jer smo bili zauzeti a i žurilo nam se. A ja ću ponovo da dođem za dva mjeseca pa budemo se onda opet vidjeli. Jer planiram da svoje vjenčanje pravim tu u našem malom mjestu. I bit će mi drago da i ti budeš na tome mome vjenčanju. Kad je Gabrijel pročitao te poruke pokazao je tati. Pa tata mu reče de sine daj ne odgovaraj ništa toj svojoj Lari jer nema smisla .Zar ne vidiš i sam da te samo ona s tim porukama provocira. U redu hvala ti tata neću joj odgovoriti na poruke samo ću promijeniti broj mobitela i s novim brojem ne budem joj se javljao. Tako je , sine moj bravo neka shvati i i ona tada da ti nije žao i da nemate ti i ona ništa više za dopisivati se putem tih poruka. A moj ti još savjet ako joj ne budeš odgovarao na poruke koje ti šalje. tako će valjda joj biti nadam se jasno da tebe nije briga što je sada s tim svojim novim dečkom a i budućim suprugom. Uredu tata hvala ti još za ovaj savjet poslušat ću te. I Gabrijel je otišao da si kupi novi broj mobitela ali samo radi toga da bi njegovi misli da s Larom nije više u kontaktu. A svoj stari broj je sačuvao u ladici maloga noćnoga ormarića pored kreveta svoje sobe. I zato je stavio taj stari broj u jedan mali mobitel od prije koji je imao. I reče tiho u sebi ove riječi. E ovaj broj bit će tu u ovome mobitelu. Jer mogao bih samo da pogledam povremeno dali mi šalje bilo kakve poruke moja Lara. Jer zadnju poruku što je poslala meni napisala mi je da joj je želja da je ja vidim kad se bude udavala tu u našem malome mjestu. Kako se radi svih tih riječi Gabrijel samo dosta iscrpio a i razočarao odmah je istog trena samo i zaspao.

Kad se mama vratila kući ona i Gabrijel su tada sjeli za stol i započeli razgovor koji je trajao skoro tri sata. Kad su završili reče Gabrijel mami: Mama? - Da sine? Ovaj razgovor s tobom sada mi je puno pomogao. Drago mi je zbog toga sine. Zato ću ja mama sada da idem gore u svoju sobu jer ti imaš sigurno puno posla. Pa moram priznati da je tako sine. I Gabrijel je otišao u sobu. Kad je ušao u sobu odmah je poslao Mirti poruku da mu je dosta zafrkancije i da mu više ne šalje ništa vezano za Laru jer mu ona ide od sada na živce. A Mirta njemu odgovori koji je razlog da mu njegova draga a i sada bivša odjednom počinje ići na živce. Pa nije valjda da ju je iznenada prebolio. -Ne nije tako. - odgovori Gabrijel Mirti, već sada mu to sve vezano za Laru polako smeta i baca ga u bed. Odgovori mu Mirta da je on samo jedan mladić koji ne zna da se bori sa svojim ljubavnim porazom. A on njoj pošalje poruku da je ona samo jedna ljubomorna djevojka a pomalo i nezgodna i da će njen broj da izbriše iz svoga mobitela da više ne mogu imati nikakav kontakt. Na to mu poruka stiže . A tako jeli i to mi je hvala što sam ti pisala i javljala ti sve o tvojoj Lari dok je bila u gradu a ti meni tako sada vraćaš. Gabrijel odgovori , e pa to je i zbog toga što je Klaudija još na početku pričala da si ti jako bila protiv naše veze što sam i saznao na kraju. A kako si ti to saznao. Pa iz pisma koje si mi donijela koje je ona poslala po tebi. zatim poruka ponovo stiže od Mirte njemu. Pa sad je stvarno dosta i za kraj i ja ne žalim više da imamo ti i ja ništa. I shvati da smo završili i ja ću da brišem tvoj boj. Kad je Gabrijel pročitao tu poruku od Mirte samo je ugasio svoj mobitel i vratio ga u noćni ormarić pa krenuo prema dnevnome boravku gdje su bili njegovi Roditelji. Kad je stigao tamo oni su gledali tv pa im se je Gabrijel pridružio. Kad tata će njemu: O sine pa otkud ti odjednom tu s nama? Bio sam u sobi i dopisivao se s Mirtom i sve sam joj rekao baš kako mi je danas mama savjetovala dok samo razgovarali. Kad će mama njemu: A što si joj pisao sine? Da me ostavi na miru i da me ne zanima više Lara i da mi ona ne mora više slati ništa putem poruka vezano za Laru. E pa sine. - Mama će tada Gabrijelu , moram ti reći da je to super za tebe kad si tako s Mirtom raspravio a i sigurna sam da će te sada ostaviti na miru. Nadam se mama da je tako i hvala ti još jednom za savjet. I tata mu reče da je napravio baš kako i treba. Gabrijel je zatim odmah otišao u svoju sobu i uključio tužnu glazbu a takvu je glazbu slušao samo kad je bio jako jako tužan. A ovo je danas bio baš takav dan. Jer znao je da njegova Lara sada uskoro ima i svoje svatove u gradu. A on je ne može još da preboli a zaboraviti još teže. Dok je glazba tiho svirala u njegovoj sobi. On reče sebi tiho a što sada da radim nemam prijatelja ljubav sam izgubio svoju. I počele su mu suze da idu i tako su tekle kao iz oblaka kapi kiše. Od tih suza došla su mu sjećanja na sve trenutke provedene sa svojom prvom i jedinom ljubavi. Zatim je svoju glavu položio na jastuk a ta tužna sjećanja i dalje su samo dolazila. Probao je sebe kontrolirati ali nije vrijedilo. I nakon toga mu zazvoni mobitel i on se javi. Izvolite tko je? - reče Gabrijel. Dublji muški glas mu odgovori: Slušaj ti mene mladiću sada. Gabrijel je od toga bio sav u šoku i samo je šutio. Taj mu glas reče daj prestani više da misliš o svojoj Lari i da se više slučajno nisi pojavio kad ona dođe u vaše malo mjesto i tada je poziv odmah završio. Gabrijel nakon toga jedva ugasi glazbu koja je svirala u sobi. I počeo je da razmišlja koja je to osoba što ga je iznenada kontaktirala na njegov mobitel i što on hoće preispitivao je Gabrijel sebe. nije mogao da zaspe od toga pa odluči da se prošeta malo po vani. sve do staroga mjesta gdje su on i njegova draga Lara znali da provode zajedničke trenutke dok su bili skupa.

Gabrijel je bio sav u šoku od tog poziva i odmah je izašao iz kuće te krenuo prema centru svoga maloga mjesta. Dok je išao reče sam sebi: Pa bilo bi dosta sada svega pa i tih mojih patnji. Morati ću stavit točku na i. A najbolje bi bilo da ja više i ne budem živ tako će svima biti lakše a nadam se i meni. Nakon tih izgovorenih riječi vratio se svojoj kući. Došao je do stare šupe koja je bila na kraju dvorišta te uzeo jedan štrik pa krenuo opet natrag prema centru mjesta. Dok je išao prema centru mjesta zapalio je cigaretu i reče tada e to mi je posljednja u mom životu. Kad je došao do centra odmah krene u slijepu ulicu koja je bila najmanja u mjestu išavši sve do kraja te ulice gdje je bila jedna napuštena stara kuća. Sve je bilo tiho samo mjesec a posebno te noći tako je jako sjao kao da je dan. Ta kuća bila je mala prizemnica a u dvorištu se nalazila mala zgrada a na kraju jedan stari svinjac. U dvorištu je trava bila tako visoka jer tu kuću nitko nije htio održavati. Kad je Gabrijel to vidio on je krenuo kroz tu visoku travu bez razmišljanja jer sve se dobro vidjelo od te mjesečine koja je sjala jako te noći. Kroz tu visoku travu došao je sve do kraja dvorišta. Tada stade i pogleda livadu koja je počinjala odmah poslije dvorišta. A na kraju te livade bio jedan stari hrast. Kako je mjesec sjao jako te večeri malo dalje od toga hrasta. Nalazila se stara šuma. Gabrijel nije razmišljao niti trenutka. Uzeo je štrik počeo da se penje na taj stari hrast. Pa se penjao sve do čvrste grane. Zavezao štrik za tu granu pa sebi isto tako napravio i bez razmišljanja skočio prema dolje. Tada se je samo čuo zvuk stare sove pa i gorak lavež jednog psa koji je znao prolaziti pored hrasta baš noćima kad je znao biti pun mjesec. Nakon toga majka mu se trgnula iz sna i počela da vrišti. Tata se odmah probudio i pitao ju što joj je bilo. Imam neki tužan predosjećaj ode odmah do Gabrijel sobe da vidim dali on spava. Kad je ušla u sobu njega nije bilo. Počela je još jače da vrišti tata je to čuo i odmah je došao do sobe da bih ju smirio. Pa joj reče tata: Smiri se smiri se sve bude u redu. Kako da bude u redu vidiš da ga nema. - Mama će njemu gorkim glasom. Tata je odmah sišao dole u kuhinju i uzeo telefon pa nazvao policiju. Dobra večer izvolite, dobili ste policiju mi smo tu da vam pomognemo. Dobra večer i vama. Prijavio bih nastanka sina svoga tata im odgovori. A kad je nestao vaš sin? - upita ga policajac. E to ne bih vam mogao da odgovorim. U redu , onda nam recite kad ste ga zadnji put vidjeli. Sinoć je to bilo prije nego što smo krenuli spavati. U redu mi smo zabilježili vašu prijavu. A sada mi recite, odakle zovete vi? Iz mjesta zadnja ulica desno prije izlaska na auto put. U redu dolazimo za manje od dvadesetak minuta vi samo ne izlazite iz kuće i čekajte da mi dođemo do mjesta odakle ste nam uputili ovaj poziv. U redu u redu budemo čekali na vaš dolazak. I razgovor je nakon toga završio. Tata je odmah se vratio do Gabrijelove sobe. I reče mami de smiri se draga evo sad sam prijavio Gabrijelov nestanak policiji oni stižu za dvadesetak minuta. Mama je tada otišla u njihovo dvorište i kad je stigla do šupe vrisnula je na sva glas tako jako da je to tata u kuhinji čuo. A nakon toga stigla je i policija kod njih u kuću. Izleti tata van na dvorištei pa reče: Draga moja nije valjda nešto strašno se i tebi dogodilo. Tatin glas čula je policija i rekoše mu tad: Dobra večer otvorite policija na vratima neki nas je gospodin pozvao radi prijave o nestanku svoga sina. Da izvolite, ja sam taj. - reče tata policiji. Policajac će tati: Vi ste sigurno gospodin koji nes je zvao radi nestanka svoga sina. A valjda sam ja taj. - tata mu reče. Zato vas molim dokumente na pregled

    - policajac će tati tada. U redu u redu ali žena mi je sada baš prije vašega dolaska vrisnula tako jako da sam to čuo čak u svoju kuhinju. U redu a gdje vam je žena? Ne znam ništa vidite da je noć. U redu gospodine reče mu policajac vi ostanite tu u kući s ovim policajcem koji je došao sa mnom a ja ode da nađem vašu suprugu. I tata i jedan policajac su otišli u kuhinju njihove kuće. A ovaj drugi policajac je otišao u dvorište da vidi gdje je Gabrijelova mama. A ona je nakon što je vrisnula od šoka pala u nesvijest. Policajac je polako počeo da pretražuje cijelo dvorište pa je tako ipak na kraju došao do šupe i ugledao je Gabrijelovu mamu koja je bila još u nesvijesti na podu dvorišne šupe. Odmah joj je Policajac dao umjetno disanje i mama je tada došla sebi.

Kad se je mama osvijestila pitao ju je policajac dali da joj pomogne ili će sama da ode do kuće i mama je rekla da ide sama.Kad su stigli u kuću tamo je bio tata i taj drugi policajac. Svi četvero su sjeli za stol da bi policija napravila ono po što su oni bili pozvani. Kad je završio taj razgovor Gabrijelovi su roditelji rekli policiji da je Gabrijel sinoć bio viđen zadnji puta prije polaska na spavanje i da njih dvoje ne znaju ništa o njemu kad je otišao i kuda je otišao. Policajci su im odgovorili da će oni organizirati potragu za Gabrijelom pa kad se nešto nađe bit će njegovi roditelji kontaktirani. Oni su se njima zahvalili na tome i tako je policija počela potragu za Gabrijelom.

Nakon što je policija završila pregled kuće i dvorišta , Gabrijelov tata je otišao do njihove dvorišne šupe i promjetio da nema štrika koji je uvijek stajao u desnome kutu. Kad je to tata vidio odmah ga je oblio hladan znoj. Potrčao je prema kući sav u šoku. Policija još nije napustila njihovu kuću kad su ga ugledali policajci takvog odmah ga upitaše: Jeste li vi dobro gospodine. Ne nisam nisam više dobro reče im tata. U redu a jeste li vi možda pronašli svog sina? Ne ne nisam ga našao ali sam tek sad saznao da mi nema štika kojega sam obavezno čuvao u dvorišnoj šupi. U redu u redu je gospodine samo se vi smirite a mi krećemo u potragu za vašim nestalim sinom. Dobro dobro samo mi ga spasite molim vas. E da bih ga mi spasili morate nam vi još reći sva mjesta gdje vaš sin stalno izlazi u kasnim noćnim satima. Dobro dobro budem vam rekao samo mi spasite moga sina. Zatim je Gabrijelov tata reko policiji neka mjesta a oni su mu odgovorili da će napraviti potragu odmah u jutro i javljati sve da on i njegova supruga ne gube nadu da im se sin neće vratiti kući. Tata je ušao u kuću i mama ga je odmah počela da ispituje dali on može znati gdje je nijhov Gabrijel. Tata joj je odgovori da ne ispituje ono što i on sam ne zna. I da se smiri a sve ostale stvari neka radi policija a njima dvoje je samo ostalo da čekaju bilo što vezano za Gabrijelov nestanak. Mama nije ništa odgovorila na to tati. Pa je taj dan Gabrijelovim roditeljima sporo prolazio a policija nije ništa javljala. Mama je samo stajala na prozoru koji je gledao na ulicu i isčekivala da će se policija pojaviti sa bilo kakvim dobrim vijestima vezanim za Gabrijela. I tata joj je polako priđe vidjevši mamu kako gleda tužno kroz taj prozor kuće koji je bacao pogled ravno prema ulicu. Zagrli je tad pa joj reče: E ženo moja samo nam je ta nesreća još trebala. A mama će tati: Ja sam siguran da ja on samo malo nas sve zaplašio jer smo se grubo prema njemu ponašali vratit će se on nama živi i zdrav i ako se vrati morati ćemo prema njemu postupati dugačije a ne kao do sada. Kako se je taj dan biližio polako svome kraju Gabrijelovi rodotelji su shvatili da nema nikakvih vijesti o njihovom sinu. - Ženo ajde da legnemo na spavanje a ona će njemu ne ne nije mi do spavanja vidiš da nemamo nikavih vijesti o Gabrijelu. Znam znam draga da ti nije do spavanja ali i ja milslim da će policija naći našega sina. A nisi nikoga obavijestila o Gabijelovom nestanku? Ne. I tako su Gabrijelovi roditelji čitavu noć proveli budini te razgovarali kako će prema Gabrijelu dugačije postupati da im više nikada ne pravi ovakve probleme pa da se onda on igra sa njima i dovodi ih u neugodnosti. Jer nije on više malo dijete i shvatili su roditelji njegovi da su većinom njih dvoje krivi za to što im je sin bez pitanja i njihova znanja napravio to sada jer branili su mu mnoge stvari. Sljedeće jutro svanulo je vedro sa tužnim pijevom ptica. U sedam sati mama je prišla prozoru koji je davao pogled na ulicu i ugledala policiju kako prilazi njihovoj kući. Odmah je viknula tatu rekavši mu da dolazi policija a da joj se čini da Gabrijel nije s njima. Tata će njoj: De ne misli na to. Idem ja da ih pričekam pa ćemo znati dali je naš sin živ i zdrav. U redu u redu idi ti ja ću ostati u kući jer želim da je naš Gabrijel s njima. Te je tata odmah izašao van u dvorište. Policija je već tada bila pred ulazom u dobrište. Dobro jutro godpodine. Tata će njima: I vama dečki. A imate li kakvih vijesti o mome sinu. Ne žao nam je nemamo godpodine. Tata je pustio suzu a policija mu reče a vaša supruga jeli ona u kući? Da jeste u kući je. U redu samo joj nemojte još ništa javljati na nama je da još tražimo vašega sina možda ima još nade. Da slažem se sa vama dečki. I policija nije ulazila u kuću radi Gabrijelove mame da nebi dizala paniku. Već su rekli tati da joj samo prenese da policija I dalje traži Gabijela i da moraju svi da se strpe možda ima još nade da je Gabrijel živ i zdrav. Kad je tata ušao u kuću mama ga odmah upita: A Gabrijel jeli ga našla policija. Ne nije našla još ništa došli su nam samo javiti da potraga još uvijek traje i da se smirimo a naročito ti da ne paničariš ko kad su došli kod nas kad sam ja prijavio Gabrijleov nestanak. A u pravu si smiriti ću se - reče mama tati. I moram ti priznati dragi moj i ja se slažem sa policijom da nam je svima ostalo čekati. Tako je draga moja drago mi je da si shvatila. Ajde sada idemo malo da se odmorimo jer smo oboje imali ne prospavanu noć. Da u redu i ja se slažem.

Pa su tata i mama otišli da odmaraju nakon te burne i neprospavane noći.

Toga jutra jedan je stariji gospodin sa svojim psom uzeo svoja kolica te krenuo nakositi trave

svojim svinjama. Uvijek bi išao prema napuštenoj kući da nakosi travu. A pas je trčećim korakom

lajao na sav glas. Nikad se taj stariji gospodin ne bi dugo zadržavao te bi samo nakosio travu te

pošao svojoj kući. A pas je odmah otišao do staroga hrasta i počeo je istoga trena jako i čudno da

laje. Gospodin čuvši taj čudan lavež svoga psa odmah krene prema starome hrastu. Kad je stigao

vidio je tijelo nepoznatoga dječaka koje je bilo obješeno na granu staroga hrasta a dječak je bio

mrtav. Gospodin reče tada Bože tko napravi ovo. I vidjevši da je dječak mrtav gospodin uze

svoj mobitel i pozove policiju istoga trena. Dobro jutro, jesam li dobio policiju? Da da gospodine

dobili ste policiju prijavio bih nešto. Da da da prijavio bih smrtni slučaj - reče gospodin. U redu

u redu policija će, ali prvo nam morate opisati što prijavljujte da bih nam bilo lakše. Kad je

gospodin opisao o kojemu se smrtnome slučaju radi i gdje je mjesto toga. Policija je javila da za

pola sata dolazi i da gospodin ostane na tome mjestu da bi policija obavila sve što je u njihovoj

mogućnosti. Gospodin im reče da će pričekati njihov dolazak a pas je dalje samo cvilio. Nije

prošlo niti dvadesetak minuta a policija je stigla na mjesto odakle je gospodin prijavio da je

našao mrtvo Gabrijelovo tijelo. Gospodin je dao svoje dokumente i policija je rekla da će ga oni

zvati ako im bude što trebao još. A on upita: Zašto sam vam ja potreban samo sam prijavio da sam jutros našao mrtvo tijelo meni nepoznatoga dječaka . A oni će njemu: Pa zar vi ne znate

Gabrijela? Ne ne jer ja sam se prije mjesec dana doselio u ovo malo mjesto iz velikoga grada.

U redu u redu hvala vam što ste prijavili da ste našli dječaka jer tko zna koliko bih još trajala

potraga za nestalim Gabrijelom. U redu u redu ali još sam sav u šoku radi toga .- odgovori gospodin

policiji. Pa naravno razumijemo vas i tako je policija skinula Gabrijelovo mrtvo tijelo sa staroga

hrasta te uzela štik da im on bude kao dokaz da je Gabrijel počinio suicid. Stavili su Gabrijela u auto

i krenuli odmah prema Gabrijelovoj kući. A gospodin je samo stajao i gledao kako policija odlazi

prema centru mjesta. Kad je policija sa Gabrijelovim mrtvim tijelom stigla do njegove kuće ,

mama ih je ugledala kroz prozor gdje je provodila te dane čekajući da oni Gabrijela vrate

njegovoj kući. Ugledavši ih odmah je mama krenula u dvorište. Kad je policija stigla pred

Gabrielovu kuću, Mama ih odmah upita: Gdje je moj sin gdje je moj sin. A oni joj odgovoriše: Da tu

je s nama ali jako nam je žao gospođo vaš sin nije više na životu. Mama je vrisnula na sav glas

ove riječi: Što mi to moj Gabrijel učini, što mi to moj Gabrijel učini. Tata je čuo te mamine riječi i

odmah došao da bih ju zagrlio. Rekavši: Smiri se draga smiri se draga. a mama je i dalje samo

dalje jako jako plakala. A policija će tati gospodine vaš sin je nažalost pronađen mrtav. Tata je

samo pustio suzu i reče: A što napravi moj sin sebi da ste mi ga mrtovoga doveli kući. A policija odgovori: Vašega sina je jutros pronašao jedan gospodin dok je išao na livadu sa svojim psom i

našao Gabrijela kako obješen visi o granu staroga hrasta. A joj nije valjda on ubio moga sina. - tata

će na to. Ne bih rekli već mislimo da je vaš sin počinio sam taj čin samoubojstva. Jer tu je s nama

i štrik na kojemu je Gabrijel sam sebi napravio to da nije više među živima. Tata nije ništa

odgovorio na to samo je mamu onako svu uplakanu odveo u kuću. Policija je zatim Gabrijelovo

tijelo unijela u kuću i stavila na krevet u sobu. Kad je mama ugledala Gabrijela sva u šoku počela je

da vrišti na sav glas govoreći ove riječi sine sine sine moj što si se tako poigrao sa svojim

roditeljima. Da bi im se mrtav vratio kući. Policija je zatim donijela štrik rekla Gabrijelovom tati da

su oni sto posto sigurni da je Gabrijel počinio samoubojstvo i da taj gospodin koji ga je jutros

našao nije ništa kriv zbog Gabrijelove smrti. Tata je uzeo taj štrik, te reče policiji: Vi ste potpuno u

pravu i moj je se sin jako grubo poigrao sa svojim životom. A oni će tati: Koliko samo vas razumjeli

gospodine vi priznajte u Gabrijelovo ime da je on sam sebi napravio to da bih bio sada mrtav. Da

da priznajem . - reče tata i policija je zapisala tatinu izjavu te napustila Gabrijelovu kuću a tata i mama

su ostali plačući oboje što im se njihov sin poigrao grubo i prvo prema sebi a tako i prema svojim

roditeljima.

Toga dana oko četri sata popodne došle su dvije susjede kod Gabrijelove mame i kada su čule što se deslio sa Gabrijelom počele su da Gabijelovu mama odmah tiješe. A jedan je pitala tatu: Pa zašto je sebi to Gabrijel napravio? A tata joj odgovori: pa ne znam vam ništa da kažem ni mi nismo još sto posto sigurni zbog čega je prema sebi Gabrijel tako grubo postupio. I tata je otišao u dvorište a susjede su i dalje bile uz Gabrijelovu mamu da bih joj olakšale bol. Odmah se je po mjestu sve pročulo vezano za Gabijelov slučaj. Svi njegovi prijatelji su se skupili u cetru mjesta jer su svi znali zbog čega si je Gabrijel to napravio. I Mirta tada pred svima reče: Ja mislim da se Gabrijel ubio samo radi Lare i ispao je samo jedna velika budala jer nije mogao da shvati da ga ona nije nikada niti voljela. A jedna joj cura na to dobaci : Joj gluapčo sebična i zavidna ti si većinom kriva za to jer si baš uvijek prva ti bila protiv njihove veze. A Mirta je nakon tih riječi samo zašutila. Svi su se nakon toga samo pozdravili i svako je otišao svojoj kući. Gabrijelov je sprovod bio dugoga dana u pet popode na mjesnome groblju. Dosta je ljudi iz mijesta došlo Gabrijelovi prijatelji te i rodbina na sprovod da bi ispratili Gabrijela. Majka je njegova plakala a tata ju je tiješio ali tu nije bilo pomoći. Sprovod je brzo završio svi su se razišli te krenuli svojim kućama putem su komentirali kako je tužno što je Gabrijel to sebi uradio a njegovih roditelja im je bilo jako žao jer su ostali bez svoga sina a bio im je sve na svijetu. A svi su znali i zbog čega si je to Gabrijel uradio . A i grozno je to kad jedna mladi život iznenada se tako završi. A mi ljudi smo spremni zbog ljubavi svašta sebi da napravimo a nekad i budemo jako grubi prema sebi samima baš kao što je Gabrijel prema sebi bio grub. Lara je u telefonskom razgovoru saznala od svoje mama što je to sebi Gabrijel uradio. Bilo joj je jako žao Gabrijela i tada je shvatila da ju nije mogao da preboli. Rekla je mami da bi došla u posjet kod njih i da posjeti Gabrijelov grob. U redu kćeri moja ali bolje dođi sama znaš kakvi su ljudi. Da da mama doći ću sama ne brini javim ti ja kada dolazim i razgovor je završio. Lara je rekla svome mužu što se je dogodilo a on joj odgovori: Taj gabrijel nije normalan. Pa kako misliš da nije normalan. Pa tako što se ubio radi tebe glupačo. A ti meni sada glupača da sam. A muž će Lari: Meni čini da ga još voliš. I Lara je samo zašutijela te otišla u sobu. Nakon pola sata je izašla iz sobe i reče svome mužu: Dragi da reci ja sam odlučila da idem sama kod svojih roditelja na par dana. A on joj odgovori: A zašto ideš kod roditelja sada i tako izanenada da nije zbog Gabrijela. Ona mu odgovori: Pa da idem zbog njega. Ti nisi normalna meni se čini. Kako nisam normalna. Tako što se čovijek ubio radi tebe a meni se činiš da si ti poludjela zbog toga. Kao misliš da sam poludjela. Jer ne ideš svojim roditeljima već da vidiš njegov grob. Lara je odgovorila: Samo mi ga je žao ništa više od toga. Gle Lara ti si se udala za mene imaš sina sa mnom i trebaš ostati tu jer se o njemu moraš brinuti a ne odlaziti kod svojih ne zbog bivšega i to baš sad kad si saznala da si je on radi tebe oduzeo vlastiti život. Pa idem jer mi je žao njega i ništa drguo. Ne nije tako već ti njega još voliš a i sad ti je žao što se ubio radi tebe. A Lara će svome mužu: Samo bih htijela da mu vidim grob. A tako jeli onda mi bolje priznaj da ga još voliš. I Lara mu reče: Da volim ga još. Molim molim?!- ljubomoro će Larin muž. Kad je tako onda idi u svoje malo mijesto i meni se ne vraćaj. Pa nemoj tako dragi Lara će njemu. Kako nemoj kad ti voliš još onoga koji je sada i mrtav. I Lara je otišla nakon toga u sobu da se čuje sa svojom mamom. Dok su razgovarale na mobitel ona joj je rekla da ju je Gabrijelova smrt jako pogodila i da je ona svome mužu priznala da još voli Gabrijela a i savijest ju peče što je on sebi presudi i da se ona osijeća sada kriva radi toga.

A mama joj odgovori da nije normalna. I da ne dolazi kod njih ako samo želi da posijeti Gabrijelov grob. Nakon toga razgovora sa mamom Lara je rekla svome mužu da se seli iz grada natrag u svoje malo mjesto. Jer stalno joj je Gabrijel u mislima i jako ju grize to što je on sebi to napravio a ona se osjeća jako teško radi toga. Muž joj odgovori kad je tako bolje je da ona napusti grad i da se njih dvoje razvedu pa se Lara onda vrati u svoje malo mjesto jer je priznala da je jako žalosna radi Gabijela i to ju jako muči što si on uradio a i sigurna je da je samo radi nje. Sljedeća dana Larin muž je rekao da je bio kod odvjetnika da se ona pripremi da će njih dvoje još malo biti rastavljeni jedno od drugoga a da će njihovo djete koje imaju pripasti njemu a ona nakon toga se može slobodno vratiti u svoje malo mjesto jer joj je njena bivša ljubav važnja od svega što sada ima. Ona je bez razmišljanja pristala na to što joj muž reče. A on će njoj: Kad je tako draga moja možeš da istoga trena napustiš grad ideš u svoje malo mjesto i razmisli da ti povratka nema natrag. U redu kad je tako odlazim što prije i neću te moliti da se vraćam natrag u grad.

Drugoga dana Lara je uzela svoje osnovne stvari i polako se počela spremati za odlazak u svoje malo mjesto. A suprug kad se ustao i vidio je da se sprema upita ju: O pa ti ste to spremaš na put draga. Da da dragi spremam se na put rekao si mi da mogu ići i danas već.

A on će njoj stvarno s tobom nije nešto u redu a naše dijete što će biti s njim nisi o tome razmišljala već samo misliš o Gabrijelu. Pa mogao bi ga i ti dovesti ponekad u moje mjesto ako ti je stalo do našega djeteta. Ne bi o tome sada.

Lara ja ništa nisam raspravljao s tobom već ćeš ti dobiti na pismeno što te čeka kad budemo ti i ja razvedeni,. U redu u redu, a dali ja mogu da idem sad u svoje malo mjesto. Pa idi i njen je muž otišao u sobu a Lara je samo popakirala sve svoje stvari pozvala taksi da joj pred zgradu dođe i bez bilo kakvoga pozdrava se je odvezla do kolodvora te krenula autobusom koji je vozio prema malome mjestu.

Dok je putovala nije se htjela javljati nikome već kad stigne odmah će da ide svojima bez obzira kako oni reagirali nato što je ona napustila svoga supruga i dijete radi ljubavi i osjećaja kojeg ima prema Gabrijelu. Kad je stigla u svoje malo mjesto Lara je odmah krenula prema kući svojih roditelja. Kad je stigla kući samo je mama bila. I odmah su se izgrlile njih dvije i mama će Lari: Kćeri moja pa otkud ti sama i iznenada da si došla u posjet mami i tati. A Lara će mami: E mama ja sam odlučila da ne živim više u gradu. A mama će njoj nije valjda da se je dogodilo nešto strašno pa si morala da se vratiš u svoje mjesto. Ne nije se dogodilo ništa strašno za mene i moga muža već ja sam shvatila da još volim Gabrijela. Molim ? - mama će njoj. Ja mislim kćeri da s tobom nešto nije u redu. Pa u redu je mama sve sa mnom. Polako polako kćeri daj se ti odmori od puta i kad tata dođe onda ćemo nas troje da porazgovaramo s tobom da znamo zašto si se ti vratila u mjesto i to sama bez muža i djeteta. U redu mama kad tako kažeš idem da odmorim pa ti me zovi kad tata i ti budete hitjeli razgovarati sa mnom i Lara je otišla do svoje sobe da se odmori od puta a mama je ostala sva u šoku čekajući tatu da kući dođe. Kad je tata stigao kući mama mu je odmah s vrata počela da plače. On ju je samo gledao i upita ju: Ženo moja što je s tobom. Ma mužu moj naša kćer vjeruj mi nije normalna. Kad tata će otkud ti da spominješ našu kćer i još to da nije normalna kad je ona u gradu. Pa od danas nije više u gradu i nije normalna jer je ostavila svoga muža i dijete vratila se u naše mjesto i još gore od svega jer je ona sve to napravila radi Gabrijela. Pa ti to moja ženo ozbiljno meni kažeš , a gdje je naša kćer sada. A evo tu je kod nas u kući i odmara u svojoj sobi. Pa kad je došla danas jutros u deset sati kad si ti baš otišao na posao. Dobro dobro i što sada nam je raditi. Pa ja sam joj rekla da ide da se odmori pa ju budem zvala kad ti dođeš kući da mi kao njeni roditelji popričamo s njom vezano za to što je se ona vratila u mjesto. U redu u redu ženo pa hajde zovi našu kćer da popričamo mi s njom zbog svega toga.

i mama je otišla u sobu da pozove Laru da bi njeni roditelji popričaju s njom. Kad je Lara došla dole u kuhinju i sjela za stol njezini roditelji su počeli da razgovaraju s njom. Tata ju je upitao pa kćeri moja što ti si se vratila u svoje mjesto a muž tvoj i dijete otkud nisu oni došli

s tobom. A Lara će tati: Tata ja sam uskoro sretno rastavljena žena i spremana sam da i dalje ostanem da živim u našem mjestu na planiram povratak u grad. A mama će odmah: Pa Lara s tobom nije sve u redu jer taj tvoj Gabrijel će da ti uništi i brak a i izgubit ćeš svoje dijete a ja svoje unuče radi toga čovjeka kojega sada više nema a ti nisi normalna stvarno nisi normalna kćeri.

A tata će nato : Pa nemoj tako ženo da govoriš našoj kćeri. Daj šuti ti i što ju još i braniš radi toga. Ne ne branim ju već vidim da joj nije lako što je Gabrijel poginuo. Ma joj joj mužu moj i ti si stvarno lud. Molim ženo, a zašto sam ja lud? Kad Lara reče: Slušaj me mama ja nisam luda kao ni tata što nije lud i moram vam reći a rekla sam i svome mužu da ja imam veliku grižnju savjesti i stalno mi se Gabrijel mota po glavi od kad ga nema i shvatila sam da ga ja volim više nego svoga muža s kojim imam i dijete još. A mama će: Pa ti nisi stvarno normalna kćeri pa ako nisam normalna mama onda ne moram niti biti u kući kod vas dvoje.

Pa mislim da si u pravu kćeri i zato bolje idi van naše kuće jer ti takva koja ostavlja sve radi bivše a i sada mrtve ljubavi ne trebaš nama takva u kući. Kad su tata i Lara čuli to što mama reče Lari. Tata je samo gledao i šutio a Lari reče: Mama kad je tako ja budem u mjestu potražila gdje mogu živjeti a da nemam kontakt posebno s tobom a sa tatom budem i dalje dobra. I mama joj odgovori: A tko će tebe sebi primiti i još tako ludu radi ljubavi bivše i koje više nema. A Lara će mami što to tebe stara brine i nisam više mala curica da mi ti određuješ što sa sobom raditi i gdje ću ja biti. Kad mama na to reče, Glupačo balava nemoj da ti ja sada opalim šamar i tu u našoj kući radi tih riječi što mi kažeš. Ajde hajde mama udari me slobodno i mama krene prema Lari da ju udari.

A tata odmah skoči zaustavi mamu i reče daj dosta vas dvije i ti ženo malo se smiri i ne tuci našu kćer . Što što mama će tati pa ti braniš svoju princezu ne ne samo ne želim da ju ti sada tučeš ona nije mala djevojčica već odrasla osoba i može da sa sobom radi što hoće i želi. Kad je tata to rekao Lara će njemu tata hvala ti na ovome i ja vam moram reći da neću biti tu u vašoj kući zbog maminih ispada koji bi mogli biti sve češći. Pa i ne moraš da budeš s nama. - Mama će na to jer samo bi nas osramotila ništa drugo i mama ode u sobu. Tata upita Laru: A gdje ćeš biti kćeri moja ne brini tata snaći ću se ja nisam više mala dobro kćeri moja pa kad odlaziš u jutro idem pa budem našla gdje ću biti. U redu mila moja i sad mi je jasno da ti još uvijek voliš svoga Gabrijela. Da tata volim ga i ne mogu se pomiriti da ga nema više pa zato sutra idem na njegov grob. Dobro mila moja. - tata reče Lari sada nakon ovoga što se dogodilo idi spavaj pa sutra onda idi kamo te tvoje srce vuče. Hvala ti tata i laku noć i tebi kćeri moja pa je Lara otišla da spava u svoju sobu a tata radi maminoga ponašanja te večeri nije htio spavati s mamom već je lagao i zaspao na krevetu u kuhinji.

Sljedećega jutra Lara se ustala dosta rano sva uzbuđena radi odlaska na Gabrijelov grob.

I krenula je prema kuhinji da bih si skuhala kavu kako su njeni koraci se čuli dok je išla po kući svoj roditelja mamu je to probudilo i kad je stigla do kuhinje mama je odmah došla za njom.

I reče: Otkud si ti tako rano ustala, Lara pa nije sada vrijeme da se tako rano ustaješ , a i mene si probudila nek ti je i to jasno. Da, jasno mi mama pa ustala sam se radi toga što danas idem na Gabrijelov grob. Joj joj pa ti nisi stvarno normalna a tako ti meni mama zar nije ti jasno da ga ja još uvijek volim. Pa glupačo jedna kako možeš voljeti nekoga ko ti je skoro uništio život a i brak ti je sada mrtav a ti ga još voliš pa ti si stvarno bolesna. A tako ti meni mama umjesto da si uz mene ja sam za tebe bolesna. E pa kad tako razmišljaš a i ustaješ kao sada onda si stvarno blesana kćeri moja. I Lara će mami : Kad je tako ja sada ode odmah da uzmem svoje stvari i odlazim iz kuće da mi se na rugaš da sam bolesna i govoriš grube riječi meni a moja si majka.

Da da jesam ti majka ali te nisam rodila ludu već si ti sama postala luda radi bivše i sada već mrtve ljubavi.

Kad je mama to izgovorila Lara je istoga trena otišla u sobu po svoje stvari stavila ih u torbu i bez riječi napustila kuću svojih roditelja. te krenula prema centru mjesta sva uplakana i žalosna što zbog toga što mora na Gabrijelov grob a još i što joj njena rođena mama kaže da je luda radi onoga kojemu ide na grob. kad je stigla do centra mjesta bilo je jutro i tek sedam sati. odmah je sijela na klupu sva tužna i ranjena te je se sjetila svih tih lijepih dana koje je tu baš tu imala sa svojom ljubavi koje više nema. I tko je sat vremena razmišljala te onda je krenula prema groblju. Kad je stigla na groblje a onda i na Gabrijelov grob. Odmah su joj suze krenule niz oči i počele su tužne riječi da teku iz njenih usana, i tako skoro pola sata Lara je stajala kraj groba svoje ljubavi te je onda krenula prema mjestu. Znajući ako se vrati kod svojih roditelja da će posebno mama biti dosta dosta gruba prema njoj što na riječima a mogla bi da bude još u bilo čemu. Kako je Lara polako išla prema kući svojih roditelja.

Iznenada je čula glas starije ženke osobe od te tuge koji je nosila u sebi nije mogla odmah da shvati da ju to zove Gabrijelova mama. Kako je Gabrijelova mama još par put dozivala Laru. Lara se je tada okrenula i kad ju je ugledala odmah je prišla Gabrijelovoj mami s osmijehom na licu kao da je znala da će tako i njoj a i Gabrijelovoj mami biti puno bolje ako se budu vidjele a možda i popričaju jedna s drugom.

Te odmah su počele razgovarati, Gabrijelova mama je pitala: Do kada si u mjestu Klaudija i kako je tamo na gradu, tebi od kad si sretno udana mlada žena. E da jesam jesam udana sam i imam kćer ali nisam sretna zbog toga ja. A otkud nisi sretna reci mi možeš to i ne brini to ćemo samo ja i ti znati. Pa otvoreno vam govorim a i vratila sam se u mjesto jer mi se Gabrijel sada od kada ga nema stalno u glavi a i imam neku grižnju u sebi kao da sam ja kriva radi toga.

A kako možeš biti ti kriva što je Gabrijel tebe ludo volio i ja kako majka njegova jako dobro znam da je on kriv za to što je sebi napravio iz ljubavi prema tebi. Pa nemojte tako prema njemu a kako ne bi kada si je to svojeglavo napravio. Pa nije on bio svojeglav već bio je jako zaljubljen u mene i nije se mogao pomiriti s tim što sam ja udala za drugoga muškarca i još imam svoju kćer s tim muškarcem. Te Larine riječi Gabrijelovu mamu su ostavile bez teksta. Te ju je onda Lara upitala: A vi kako sada se vi nosite s tim što Gabrijela više nema? A nosim se kako najbolje znam. A kada se ti vraćaš u grad? Pa ne ide mi se u grad a zbog čega radi toga što mi se Gabrijel stalno vrti po glavi čak i noću ga sanjati znam. E i ja ga sanjam dosta dosta puta. A bit ćeš kod svojih roditelja? Ne znam vam to, jer mama je moja jako jako ljuta na mene radi odlaska iz grada i osjećaja prema Gabrijelu. A voliš li ti njega možda? Da da volim ga još. A sad mi je jasno zbog čega si se vratila u mjesto. Da da vratila sam se jer mi je on stalno napameti. A kad ste se ti i tvoja mama svađale ? - upita Laru Gabrijelova mama.

Pa od jutros od kad sam stigla u mjesto. Joj pa to nije dobro Lara. - A kad volim Gabrijela još.

I Lara je počela da plače pred Gabrijelovom mamom. Ona ju zagrli i reče joj: Kad je tako ti onda pođi sa mnom da večeras spavaš kod mene i moga muža pa ćemo sutra da se dogovorimo oko svega. Pa hvala vam puno na tome. Te su njih dvije krenule skupa prema kući Gabrijelovih roditelja.

Kad su njih dvije stigle do kuće Gabrijelovih roditelja, reče Lari Gabrijelova mama: Vidim da si malo uplašena Lara zato nemoj da te ništa brine tu se možeš osjećati kao da si u svojoj kući. U redu u redu a vaš muž? A ne brini za to Lara ja budem s njime sve riješila tako da ti možeš biti kod nas u kući koliko hoćeš jer si mi iskreno rekla sve i to ja jako cijenim a tako i moj muž i on isto cijeni iskrenost kod ljudi. Pa to ja nisam znala. Eto sada znaš i nemoj da se brineš ništa više samo dođi sa mnom da ti pokažem sobu gdje budeš spavala pa onda ako ti se svidi soba može odmah da i ostaneš koliko želiš. Hvala Vam hvala vam puno i divno je to od vas što tako sa mnom postupate. A kako i ne bi postupali tako prema iskrenim kao što si ti Lara a još i voliš moga sina kojega sada nema više. A da vas pitam jeli ovo možda njegova soba bila? Ne ne to je trebala biti soba njegove sestre. A tako znači a što je s njegovom sobom?

Pa u nju ne idemo nikada samo ju moj muž ponekad otvori malo radi zraka jer soba je stalno pod ključem. A u redu kad je tako. Lara je zatim otišla na spavanje. Gabrijelova mama je kasnije sa svojim mužem ostala gledati tv da bi mu mogla objasniti sve vezano za Laru i njenim dolaskom kod njih ove noći na spavanje.

Kad je Lara legla u krevet a san joj nije mogao nikako doći na oči samo se je okretala po krevetu. Pa nje ni čudo da je se tako osjećala kakvi su joj ovi dani bili grozni kad se je vratila u svoje malo mjesto, te je počela razmišljati što će Gabrijelovi roditelji odlučiti dali ostaje kod njih kako joj je Gabrijelova mama i rekla. Nakon toga počele su joj dolaziti poruke na njen mobitel , pomislila je da su joj to njeni roditelji poslali poruke da pitaju gdje je ona. Ali te poruke su bile od njenoga muža. Lara je uzela svoj mobitel da bih počela čitati te poruke.

Kad je počela da ih čita bilo je tako puno neugodnosti za nju. Da nije zbog toga mogla da spava sve do jutra. Ujutro nije ustala sve do osam sati. Kad se je ustala odmah je krenula do kuhinje a u kuhinji su već Gabrijelovi roditelji pili kavu. Kada su je vidjeli odmah su je upitali: Kako si spavala? A ne nikako nisam spavala. Pa zašto nisi spavala? Pa zbog toga što su mi stigle poruke oko jedna iza ponoći od moga muža.

I što ti je napisao tvoj muž? A ne nisam mogla da čitam te poruke od njega jer u njima sigurno ne piše ništa dobro za mene. Pa kad je tako hajde s nama popi kavu jer mi smo odlučili da možeš biti kod nas zauvijek. Kad je Lara to čula počela je da plače na sav glas. Gabrijelova mama ju je zagrlila odmah i reče joj samo se ti isplači da ti bude lakše a onda ćemo nas troje da se dogovorimo oko svega da manje plačeš i budeš ovdje gdje zauvijek možeš i ostati. A Lara sva uplakana reče: Pa hvala vam puno na tome da nije vas ne znam kako bi se nosila sa svime tim što mi se događa sada. A oni će nJoj: Pa eto sada imaš nas.

A Lara odgovori njima: Vi ste tako divni ljudi kao što je i Gabrijel bio divan prema meni a iskreno vam želim reći da mi je sada žao što nisam shvatila to ranije dok je bio još na životu.

A Gabrijelova mama će njoj: Nisi samo ti kriva znaš kao je sve bilo tako grozno sa strane ljudi prema vezi tebe i našega sina e da sjećam se sada i mi te ne krivimo za to jer znamo da si našega sina voljela i to smo sada shvatili kada si se vratila u mjesto te ostavila sve što si tamo u gradu imala zato ti mi želimo pomoći jer još voliš našega sina. A i vama hvala što ste odlučili da bude uz mene pa kako ne bi bili kad si tako iskrena. I uzela je mama Gabrijelova Larin mobitel počela čitati poruke te reče Lari: Slušaj me mila.

- Da recite slušam vas. U porukama piše da tvoj muž je dobio vaše dijete da bude s njime i šalje ti papire da ste vas dvoje sada sretno rastavljeni a dijete svoje možeš samo da viđaš dva puta godišnje jer on smatra da si luda.

Lara odgovori a to sam se i nadala i sam mi je rekao kao i moji roditelji da sam luda jer još volim onoga koga više nema. a Gabrijelova mama će joj nato: Zato bolje budi tu kod nas u kući slobodno reci i roditeljima a i mužu ako te oni smatraju ludom ti imaš sada svoje mjesto gdje nisi luda a to je ova naša kuća i tu ti nitko neće reći da si luda. Nakon tih riječi koje je Gabrijelova mama rekla. Lara se je smirila te je uzela svoj mobitel pa nazvala svojeg muža i rekla mu da papire slobodno pošalje na adresu koju joj je Gabrijelova mama dala i da se slaže s njegovom odlukom koju je on odlučio te da se neće tome protiviti i da pozdravi njihovu kćer. Kad je njen muž čuo to od Lara samo je šutio slušalicu a on je isto završila poziv, te reče Gabrijelovoj mami: Ja idem kod svojih da im reknem da sada mogu da budem tu kod Vas gdje neću biti luda radi bivše ljubavi kao u kući gdje sam se rodila.

Ma bravo Lara! - Gabrijelova mama reče i samo im ti tako reci pa ćeš znati dali im je stalo do tebe uredu uredu budem vas poslušala a sada ode kod svojih i vrati ću se što prije budem mogla samo da im to kažem.

I Lara je otišla do svojih a mama joj Gabrijelova reče da će do tada ručak da pripremi i da ju oni čekaju pa da se drugo ne zadržava kod svojih. A Lara će: ne brinite budem se vratila što prije mogu, te je krenula prema kući svojih roditelja. Kad je stigla do kuće roditelja pozvonila je na vrata i mama joj otvori te joj odmah reče: O pa kćeri moja gdje si provela prošlu noć? Dali možda kod Mirte si bila? Ne mama ne nisam bila kod Mirte. Gdje si onda bila kćeri? Pa kod Gabijelovih roditelja. - Molim? Što si tamo radila i kako te nije stid ići tamo.

A što bi me bilo stid mama pa zato što se on ubio radi tebe i trebalo bi te biti stid radi toga.

Ma ne moram me biti stid mama jer oni su bolji od tebe. Molim molim ti tako meni tako kćeri kažeš da da kažem ti i ne vraćam se u grad, a zašto se ne vraćaš u grad?

Moj muž i ja smo rastavljeni sada i sinoć mi je porukama on to javio i moram ti reći mama nije mi žao radi toga.

A to sam mu jutros rekla i njemu na telefon tako da i to znaš mama. Pa ti si moja kćeri luda. A sada sam i luda? - Jesi luda si. A ti mama sada slušaj ove moje riječi. Ja neću biti tu kod oca i tebe. A gdje onda ćeš biti? Kod Mirte? Ne mama, već kod Gabrijelovih roditelja zauvijek ostajem jer tamo nisam luda kao tu kod svoje kuće. Pa idi onda tamo ako želiš - odgovori joj mama.

A Lara odmah krene gore u svoju sobu da što prije uzme svoje stvari da bih otišla što prije kod Gabrijelovih roditelja. Kad je mama vidjela

Laru kako nosi torbe pune stvarireče joj: Pa ti to kćeri seliš od nas? Da mama i selim tamo gdje nisam luda kao tu u kući svojih roditelja. Larina je mama tada ostala bez riječi a Lara je samo napustila kuću i krenula kod Gabrijelovih roditelja da bih stigla na ručak.

Kad je Lara stigla u kuću Gabrijelovih roditelja ručak je već bio na stolu. Odmah ih je pozdravila i mama ju Gabrijelova upita: Pa Lara nekako si brzo stigla od svojih a bolje da jesam. - A zašto tako Lara ti kažeš? Nešto se dogodilo? Da dogodilo se. De reci mi, znaš da možeš meni sve reći. Evo budem. Kad je Lara rekla sve Gabrijelovoj mami što je od svoje mame doživjela ona joj odgovori: Gle Lara znam da ti nije lako ali ovdje kod nas to nećeš doživljavati da te netko vrijeđa kao tvoja mama i bivši muž. I moram ti reći da smo se dogovorili da ostaješ tu kod nas zauvijek i možeš se osjećati kao naš novi član obitelji . Kad je to Lara čula zagrli Gabrijelovu mamu i počne da plače na sav glas. Ona ju je samo tješila i govorila: Isplači se mila moja bude ti lakše i ne brini tu kod nas si na sigurnome i ne budeš dobivala grube riječi a od kad se ja ti poznajemo ovih par dana moram ti reći da si mi prirasla srcu. O pa hvala vam na tome i vi ste meni jako draga osoba , a žao mi je što ste morali da izgubite svoga sina koji je i mene volio i žao mi je što nije što je tako moralo da bude. Znam da ti je žao Lara, a ti sebe nemoj kriviti za to sad kad si napustila svoj dom muža, dijete, ja znam da ti njega još voliš a i vidim da ti je žao što ga više nema. Da da žao mi je a kad je tako jedino što možeš da učiniš i ti ja za njega da idemo skupa na njegov grob kad god vremena imamo bit će nam obadvjema lakše a to je još jedino što možemo da učinimo za njega. Da da tako je slažem se s vama i budemo išle što više možemo da se zna da ga volimo i ako on nije s nama tu. Onda počeli da jedu njih troje i tako je Lara od toga dana ostala u kući Gabrijelovih roditelja. Kako su dani prolazili polako Lara nije odlazila kući svojima, ponekad bi se čula posebno sa svojim ocem a s majkom nije imala kontakt, od muža su joj stigli papiri za razvod i rijetko je njega i zvala nakon toga a sa svojim kćeri se je često čula putem telefona. A svakim danom je pomagala Gabrijelovoj mami što u kući što oko kuće , a su tako njih dvije jako postale bliske. Kad bih otišla na Gabrijelov grob samo je znala reći ove riječi : Ljubavi moja jako mi je žao što si mlad otišao a mene ostavio u suzama i boli a tako i one kojima si jako drag zbog toga što te volim jako, a sada kad te nema sve jače i jače zbog ljubavi prema tebi sve sam ostavila i pretrpjela onakve grube riječi , nije mi žao jer sada zna da te volim i voljet ću te zauvijek.

KRAJ PRIČE

Zvonimir Pjesnik
Zbog ljubavi radimo sve
Zagreb 2024

Don't miss out!

Visit the website below and you can sign up to receive emails whenever Zvonimir Pjesnik publishes a new book. There's no charge and no obligation.

https://books2read.com/r/B-A-YGPBB-KZFWC

BOOKS 2 READ

Connecting independent readers to independent writers.